Die wahre Geschichte

Band III

Das Buch basiert auf dem Hörfunkprogramm Die wahre Geschichte aus dem Hause FM Radio Network, ein Unternehmen der Klassik Radio AG und The Entertainment Council GmbH.

© 2006 by Euro Klassik GmbH, Augsburg
1. Auflage 2006
Alle Rechte vorbehalten. Auch die des teilweisen Abdrucks, des öffentlichen Vortrags und der Übertragung durch Rundfunk und Fernsehen. Fotomechanische Wiedergabe nur mit Genehmigung von der Euro Klassik GmbH.

Gesamtleitung – Uli Kubak und Al Munteanu
Autorinnen - Regina Conradt und Sigi Boguschewsky-Kube
Redaktion - Regina Conradt
Photographie - Bernd Müller
Reprographie - real media technic Staudacher GmbH
Druck und Bindung - real media technic Staudacher GmbH
Herstellungsleitung - Michaela Bein
Assistenz - Nicole Riedler

Printed in Germany

ISBN
3-939714-02-X
978-3-939714-02-6

Die wahre Geschichte

Sie glauben, Bescheid zu wissen?
Wir verraten Ihnen Die wahre Geschichte.

Die wahre Geschichte gehört zu den beliebtesten Programmen bei Klassik Radio und zählt zu den erfolgreichsten Sendungen im deutschen Hörfunk. In amüsant geschriebenen Geschichten erfahren Sie, was sich hinter prominenten Personen, großen Ereignissen der Weltgeschichte oder hinter alltäglichen Redewendungen und Begriffen verbirgt.

Das vorliegende Buch begleitet Sie in die interessante und spannende Welt der wahren Geschichten. Lassen Sie sich bei der Lektüre überraschen und entdecken Sie unbekannte Zusammenhänge.

Inhalt

001	Die geheimnisvolle Phantominsel	7
002	Aristokratisches Gewohnheitsrecht	9
003	Der Stoff, aus dem die Träume sind	10
004	Leider kein Sponsor	11
005	Proviant in der Backentasche	12
006	Keine künstlich angelegten Felder	13
007	Ungeklärte Familienverhältnisse	14
008	Schöne Frauen für die Freiheit	15
009	Die Verschiedenheit von Spinnweben	16
010	Eigentlich ein Schlaflied	18
011	Legendäre Kriegerinnen	19
012	Eine zärtlich gemeinte Verkleinerungsform	20
013	Eine rätselhafte Grünanlage	21
014	Das weiß der Geier	22
015	Ganz und gar keine Nischen-Sportart	23
016	Erster Aufguss im Meer	25
017	Nichts für müde Krieger	26
018	Mörderische Privatdomäne	27
019	Kein unbekanntes Land	29
020	Fluch der guten Tat	30
021	Es kommt aus weiter Ferne	31
022	Flammendes Inferno	32
023	Muse auf Abwegen	34
024	Appetitliche Umschreibung	35
025	Keiner ist wirklich scharf drauf	36
026	Die Kinder der Klosterfrau	37
027	Unabsehbare Konsequenzen	38
028	Doch ein falscher Schwur	39
029	Sieger aller Klassen	41
030	Ein Magistratsbeschluss	42

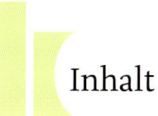# Inhalt

031	Einfach aus Sparsamkeit	43
032	Funktional und formvollendet	45
033	Gegen böse Geister	46
034	Hausgemachter Markenname	47
035	Gottes selige Ameisen	48
036	Das seltsame Pariser Leben	50
037	Ein vergessenes Quarkbrot	51
038	Nur Angst und Neid	52
039	Blond und blauäugig	53
040	Versager oder Musterknabe?	54
041	Eine eher liebevolle Bezeichnung	55
042	Lizenz zum Betteln	57
043	Schlager, Gangster, Automaten	58
044	Das musste ja ins Auge gehen	59
045	Ziemlich paradox	61
046	Keine Fleischverschwendung	62
047	Olympische Disziplin	63
048	Braune längliche Rohre	64
049	Mythos aus Fleisch und Blut	66
050	Wirklich keine Lachnummer	67
051	Verunglimpfte Vorzimmerdame	68
052	Der friedfertige Revoluzzer	69
053	Etwas von der Rolle	70
054	Fast alles mit System	71
055	Ein wahrer Bruder	73
056	Dealen und Bluffen	74
057	Alles für alle	75
058	Ein völlig falsches Bild	77
059	Polizeilich erlaubter Protest	78
060	Nur in der Apotheke erhältlich	79

Die geheimnisvolle Phantominsel

Der Erste, der seriös darüber berichtet hat, will im Alter von neun Jahren von einem 90-jährigen Greis über die unzweifelhafte Existenz jenes Mysteriums erfahren haben. Der sei wiederum von seinem Großvater darüber informiert worden, und der wollte es von einem verlässlichen Freund erfahren haben, der als weiser Politiker galt. Zwar findet auch er, die Geschichte sei gar seltsam, aber er hält sie dennoch für wahr. Im Laufe der Zeit sind die Berichte über jene außergewöhnliche Angelegenheit immer geheimnisvoller geworden. Man geht inzwischen davon aus, dass die erste Erwähnung vor circa 3000 Jahren datiert ist, doch die Sache selbst lag wohl zu dem Zeitpunkt schon in grauer Vergangenheit. Damit wird deutlich, weshalb heute kaum mehr Licht ins Dunkel zu bringen ist. Im Lauf der Jahrhunderte wurden die Andeutungen noch widersprüchlicher. Es hieß zwar auch, es könne sich um eine imaginäre – oder sagen wir – eine virtuelle Realität handeln. Aber die Beschreibung von großen und bewunderungswürdigen Taten und Persönlichkeiten, von Orten, die sich lokalisieren ließen, von reichlich Bodenschätzen, von zahmen und wilden Tieren, von Wohlgerüchen, Wein, Getreide, Gemüse, Obst und vielem anderen, waren ganz handfest und alltäglich. Es könnten zwar auch Wunschvorstellungen gewesen sein, paradiesische Ahnungen, heraufbeschworen als Trost in schweren Zeiten. Doch vor allem die negativen Berichte waren sehr irdisch. Sie deuteten eine realistische Katastrophe an, mit der das Ganze geendet hatte. – 25.000 Bücher haben sich angeblich bis heute mit der Frage beschäftigt, was daran wahr und was Erfindung ist. Historiker, Altphilologen, Geologen, Ozeanologen, Theologen, Politiker, Ingenieure und unzählige Sonntagsforscher haben sich zum Teil erbittert darüber gestritten, wo denn – wenn überhaupt – jene Geschehnisse stattgefunden haben könnten. Wohl kein Kontinent der Erde wurde ausgelassen: In der Mündung des Guadalquivir, auf den Azoren, in Spitzbergen und in Australien glaubte man auf Spuren gestoßen zu sein. Am zähesten aber hält sich die Vermutung, dass es sich dabei um die kleine Agäisinsel *Santorin* gehandelt haben könnte. Deren Hauptteil verschwand vor etwa 3500 Jahren durch einen gewaltigen Vulkanausbruch ins bodenlose Nichts. Und genau dieses Ereignis könnte den oben erwähnten Erzähler – nämlich Platon – zu seinen Nachforschungen animiert haben.

Jenes versunkene Paradies soll – so heißt es in der griechischen Mythologie – dem Poseidonsohn Atlas zugeteilt gewesen sein. Das würde auch den geheimnisvollen Namen erklären. Schon seit Urzeiten wird nämlich dieser sagenumwobene Kontinent als ATLANTIS *bezeichnet.*

Aristokratisches Gewohnheitsrecht

Als menschenunwürdiges Werk eines Drachen, der seine blutige Spur hinterlassen hat, bezeichnete der griechische Philosoph Aristoteles die während einer gnadenlosen Schreckensherrschaft erlassenen Gesetze. Es waren wilde unzivilisierte Zeiten. Selbst wenn man sich bedroht fühlte, war es nicht möglich, sich offiziellen Beistand oder Hilfe zu holen. So etwas wie polizeiliche Aktivitäten zur Verbrechensbekämpfung oder irgendwelche Maßnahmen zur Strafverfolgung gab es nicht. Das mag an der damaligen sozialen und wirtschaftlichen Notlage gelegen haben. Außerdem gab es Mitte des sechsten Jahrhunderts vor der christlichen Zeitrechnung in Athen keinerlei „geschriebenes Recht". Das war einer der Gründe, weshalb es sich jedermann leisten konnte, einen auf frischer Tat ertappten Räuber auf der Stelle zu töten, ohne mit einem gerichtlichen Nachspiel rechnen zu müssen. Mörder gingen also meist straflos aus, andere, oft viel leichtere Vergehen aber wurden „von Rechts wegen" streng und rigoros geahndet. Etwa, wenn es sich um menschliche Laster handelte: um Trunkenheit, Faulheit, Schlamperei und Fahrlässigkeit. So etwas wurde sogleich unnachsichtig bestraft, genau wie Nötigung und Raub. Hier wurde schon der geringste Verdacht zur streng verfolgten Falle. Offenbar handelte es sich um ein von aristokratischer Seite gefördertes Gewohnheitsrecht, das jeder nach seinem Geschmack auslegen konnte. Es ist zwar nicht bewiesen, aber wahrscheinlich war es ein Athener Aristokrat, der um 624 v. Ch. Geburt jenes gnadenlos strenge Gewohnheitsrecht seines Standes aufzeichnen ließ und es so – mit allen martialischen Strafen – zum geltenden Recht machte. Im Nachhinein wurde er als Begründer einer allgemeinen Rechtsordnung von Gleichheit, Rechtssicherheit und Öffentlichkeit angesehen. Was er ganz sicher nicht war. Aber seine Strafmaßnahmen sind geradezu sprichwörtlich geworden.

Noch heute bezeichnen wir Bestrafungen, die über jedes gesetzliche Maß hinausgehen – abgeleitet von den Strafmaßnahmen, die unter der Herrschaft jenes Athener Gesetzgebers namens Drakon sozusagen „rechtmäßig" gemacht wurden – als DRAKONISCHE STRAFEN.

003 Der Stoff, aus dem die Träume sind

Die Firma *Phelan & Collender* in New York ist schon zum wiederholten Mal in eine Zwickmühle geraten. Täglich schießen im Wilden Westen neue Saloons aus dem Boden und mit jeder Neueröffnung wächst die Nachfrage nach den von ihnen hergestellten Billardkugeln. Sie werden aus Elfenbein gefertigt, und obwohl militärisch organisierte Jägerbanden jedes Jahr schon an die 70 000 afrikanische Elefanten niedermetzeln, steigen die Preise für diesen Rohstoff ins Astronomische. Ja, ein gänzliches Versiegen der Ressourcen ist absehbar. Um dem Dilemma zu entkommen, setzen *Phelan & Collender* 1863 einen Preis von 10.000 $ für die Erfindung eines Elfenbeinersatzes für ihre Billardkugeln aus. Angespornt von der gewaltigen Summe macht sich John Wesley Hyatt, ein Buchdrucker aus Albany, New York, voller Tatendrang ans Werk. Zunächst versucht er es mit vorhandenen konventionellen Materialien, wie Baumwollfetzen oder Sägespänen. Aber vergebens. Dann vermischt er diese mit Schellack, einem von Schildläusen produzierten, harzähnlichen Material. Schließlich experimentiert er mit Nitrozellulose, auch Schießbaumwolle genannt. Und tatsächlich: Bald darauf erhält er die ersten Patente zur Herstellung von Billardkugeln. Hyatts billige Kugeln rollen bald im ganzen Wilden Westen. Störend sind nur die durch die Schießbaumwolle verursachten leichten Explosionen, die sich bei einem heftigen Zusammenprall ergeben. Sie führen immer wieder dazu, dass die anwesenden Männer im Raum ihre Revolver ziehen, wie der Besitzer eines Billardsaals in Colorado in einem Brief an die Firma schreibt. Den Preis von *Phelan & Collender* bekommt er zwar auch nicht, aber Hyatt glaubt fest an den Erfolg seines Produktes. So fest, dass er mit seinem Bruder Isaiah die *Albany Billard Ball Company* gründet und immer weiter herumtüftelt. Im Jahr 1870 lässt er sich erneut ein Patent eintragen, für eine Mischung aus Nitrozellulose, Kampfer und Alkohol, die unter hohem Druck und Erhitzen in Form gebracht wird. Was dabei entsteht, ist zwar immer noch nicht das ideale Material für Billardkugeln, aber es revolutioniert in vielfacher Weise die ganze moderne Welt. Der Kunststoff, den John Wesley Hyatt erfunden hat, ist die erste alltagstaugliche Plastikmischung.

Wo schließlich der Einsatz dieses Materials geradezu existenziell wurde, das war die wenige Jahre später aufblühende Filmindustrie. Denn was Hyatt entwickelt hatte, war in der Tat der Stoff, aus dem die Träume sind: das ZELLULOID.

Leider kein Sponsor

Vor knapp 100 Jahren stellte der Düsseldorfer Ingenieur Christian Hülsmeyer einer Reihe von Fachleuten ein Gerät vor, dessen vielseitige Nutzungsmöglichkeiten ihm vielleicht selbst noch nicht klar waren. Heute ist die Technik, die Hülsmeyer in seiner damals als „Telemobiloskop" bezeichneten Apparatur angewandt hatte, aus der modernen Welt nicht mehr wegzudenken. Eine für spezielle Zwecke entwickelte Variante machte zwar kürzlich wegen angeblicher gefährlicher Nebenwirkungen negative Schlagzeilen, aber ansonsten gilt das inzwischen weit verbreitete System als äußerst segensreiche Technik. – Dem Patentinhaber Hülsmeyer hat sein Gerät allerdings nicht einen Pfennig eingebracht. Zwar erntete er bei der Vorstellung viel wissenschaftliches Lob, aber für die kommerzielle Auswertung des Geräts konnte sich jahrzehntelang kein Mensch begeistern. Nicht einmal die deutsche Reichsmarine war in der Lage, die Tragweite von Hülsmeyers Apparatur zu erkennen. Dem Ingenieur selbst fehlten dann die finanziellen Mittel für die Aufrechterhaltung seines Patents, und damit verschwand das Telemobiloskop in der Versenkung. – Mitte der Dreißigerjahre kam aber genau das, was er mit seinem Gerät bezweckte, durch andere zur Anwendung und wurde jetzt weltweit anerkannt. Der schottische Physiker Sir Robert Watson-Watt beschäftigte sich damals schon längere Zeit mit der Bestimmung von Richtung und Entfernung nicht sichtbarer Objekte. Die Methode, die nach ihm noch andere weiterentwickelten, wurde schon während des Zweiten Weltkriegs erfolgreich eingesetzt. Sie entsprach im Wesentlichen dem Prinzip des Hülsmeyerschen Telemobiloskops. Wie dabei wurden elektromagnetische Wellen benutzt, die durch Reflexion an den Ausgangsort zurückkehren. Die Entfernung zu einem Objekt errechnete sich aus Lichtgeschwindigkeit dividiert durch die Hälfte der Zeit zwischen Impulsaussendung und Empfang der Reflexion. Christian Hülsmeyer hatte seine Erfindung einfach zum falschen Zeitpunkt gemacht, und heute kennt keiner mehr seinen Namen. Aber das unübertroffene, von ihm entdeckte System zum Aufspüren und Orten mit Radiowellen kommt seit über 50 Jahren beim Militär, in der Schifffahrt und auch in der Astronomie in unendlicher Vielfalt zur Anwendung.

Die geniale Technik ist natürlich unter einem ganz anderen Namen bekannt geworden. Und zwar in Form einer Abkürzung für den englischen Begriff „Radio Detecting And Ranging". Es handelt sich dabei nämlich um das weltweit angewandte Funkmessverfahren namens RADAR.

005 Proviant in der Backentasche

Man begegnet ihnen nicht mehr so häufig wie früher, aber die Liebhaber dieses sehr speziellen Genussmittels sind leicht an einer leichten Verformung ihres Gesichts und an gelegentlichen, mahlenden Mundbewegungen zu erkennen. Wie vieles, was man in den Mund steckt, stammt auch dieses Produkt von den Amerikanern. Zur Zeit der Entdeckung der fraglichen Angelegenheit hießen diese allerdings noch Indianer. Die ersten Europäer, die Anfang des 16. Jahrhunderts den neuen Kontinent erforschten, wunderten sich, dass die Ureinwohner für ihre tagelangen Streifzüge durch Wälder und Prärien nur geringe Mengen an Proviant mitnahmen. Sie schienen eine äußerst Platz sparende Marschverpflegung zu haben, die kaum ins Gewicht fiel und dennoch Hunger und Durst stillte. Außerdem hatte sie offenbar eine angenehm belebende Wirkung. Bald schon erfreute sich dieser „Proviant" auch bei den Eroberern großer Beliebtheit. – Für den europäischen Gaumen wird der Grundstoff später mit aromatischen Zutaten vermischt und im Laufe der Jahre immer mehr verfeinert. Heute sorgen Pflaumen, Rosinen, Feigen, Datteln, Orangen, Zitronen und sogar Ananas für Vitaminanreicherung. Als Aromaträger sind Nelken, Zimt, Lorbeerblätter, Anis, Wacholder und Muskat zugegeben worden. Zur Beruhigung der Magennerven ist manchmal auch Lakritze beigefügt. Und – je nach regionalem Geschmack - kommt Wein oder ein Schuss Rum hinzu. Das ganze Gemisch wird zu einer dicklichen Masse verkocht, mehrfach gesoßt und „gesponnen", das heißt zur Rolle gedreht. Die portionierten Stücke erfordern eine ganz bestimmte Art der Anwendung, damit sie ihre Aromastoffe abgeben. Genau wie beim Rauchen müssen die anregenden Substanzen langsam und in kleinen Dosen in den Blutkreislauf gelangen. Aber das massenweise angestrebte Vergnügen kann auch Verdruss machen, denn demjenigen, der hinunterschluckt, was nur zum Aussaugen gedacht ist, wird mit Sicherheit speiübel. Das bedeutet, nachdem die kleinen mundgerechten Stücke genug gelutscht, gesaugt und gemümmelt worden sind, muss man den so erzeugten Speichel wieder loswerden.

Und vielleicht, weil das Spucken inzwischen streng verboten ist, sieht man heute auf den Gehwegen nur noch sehr selten die Plocken bernsteinfarbener mit Nikotin angereicherter Spucke des einst äußerst beliebten KAUTABAKS.

Keine künstlich angelegten Felder  006

Manche Dörfer und Städte, selbst Provinzen und Staaten mussten in der Vergangenheit vielfach ihre Namen ändern, weil sie immer mal wieder unter eine andere Oberherrschaft gerieten. Oft waren die Namensänderungen nichts anderes als Umwandlungen in die Sprache der Eroberer: Bozen wurde zu Bolzano oder Etsch zu Adige. Häufiger aber wurde politischen Umständen Rechnung getragen: Aus dem zaristischen Petersburg wurde das kommunistische Leningrad, und bei Kolonialisierungen waren es oft Namen, die mit einem Ereignis der Unterwerfung oder mit dem Eroberer zu tun hatten. Beispielsweise wurde in Südamerika die Provinz Alto Peru, ein Teil des alten Inkareichs, zu Ehren des Freiheitshelden Simon Bolívar in Bolivien umbenannt, während andere, von den spanischen Conquistadores eroberte Städte, ihre indianischen Namen beibehielten. Dazu gehört auch die Hauptstadt des Inkareichs: Cusco. Etwa um das Jahr 1200 waren die Inkas im Tal von Cusco – was „Nabel der Welt" bedeutet – aufgetaucht. Hier errichteten sie ihren gigantischen Haupttempel und andere Monumentalgebäude, die mit Hilfe unglaublich vieler Menschen und großer Geduld entstanden sein müssen. Das Herbeischaffen der mächtigen Steinbrocken, die aus der Gegend südlich des Titicacasees stammen, gibt uns immer noch Rätsel auf. Da die Inkas keine Schriftsprache hatten, sind die Aufzeichnungen spanischer Chronisten aus dem 16. Jahrhundert die einzigen, nicht immer ganz zuverlässigen Auskunftsquellen. Der Spanier Pedro Sarmiento de Gamboa berichtet in seiner „Geschichte der Inkas", dass das Land im Umfeld von Cusco für die Ernährung der Bevölkerung nicht mehr ausreichte. Deshalb ließ der damalige Inka-Herrscher Pachacuti an den umliegenden Berghängen „eine Art lang gezogener Terrassen" anlegen, an der Vorderseite mit Steinmauern versehen und mit Erde anfüllen. Laut Sarmiento de Gamboa waren es aber nicht die Inkas, sondern die spanischen Eroberer, die die Bezeichnung für diese Terrassen prägten, die dann zu einem geografischen Begriff wurde.

Die Spanier nannten jene künstlich angelegten Felder der Inkas „andenes", was soviel wie Galerien, Emporen heißt. Und seitdem bezeichnen nicht nur die dortigen Anwohner, sondern auch alle Karten und Atlanten die gesamte 7.500 Kilometer lange südamerikanische Cordillerenkette als ANDEN.

007   Ungeklärte Familienverhältnisse

Mag sein, dass es am Vater lag. Der war Dekorateur und ständig betrunken. Und bald auch nicht mehr greifbar. Der Sohn Jack hingegen bemühte sich zunächst um geordnete Verhältnisse. Er legte einen glänzenden Schulabschluss hin und verdiente sich sein Geld als Botenjunge, während er gleichzeitig seine Berufsausbildung machte. Zu diesem Zweck lebte er an dem Ort, der das Zentrum jenes Industriezweiges war, in dem er sich ausbilden ließ. Später war er sich nicht zu schade, auch in zweit- und drittrangigen Produktionsbetrieben sein Auskommen zu suchen. Leider kam er dabei schnell in zwielichtige Situationen. Allmählich wurden dubiose und kriminelle Aufträge geradezu seine Spezialität. Er galt als risikofreudig und unglaublich vielfältig, wenn auch als „heißes Eisen". Irgendwann ist er dann so auffällig geworden, dass er für eine Coverstory der bekanntesten Wochenzeitung seines Heimatlandes herhalten muss. Dafür hat ein dem investigativen Journalismus verpflichteter Schreiber mit großer Beharrlichkeit in Jacks Privatleben rumgeschnüffelt, wobei Tatsachen zutage kamen, die dem Betroffenen selbst

bis zu diesem Zeitpunkt nicht bekannt gewesen waren. Dabei handelt es sich nicht um irgendwelche schmutzigen Skandalereignisse. Die ruft er erst danach hervor: Er bekennt sich in aller Öffentlichkeit dazu, die Freundin seiner Tochter geschwängert zu haben, obwohl er offiziell mit einer weltbekannten Schauspielerin zusammenlebt. Seine neue Vaterrolle führt allerdings nach vielen früheren, höchst dramatischen Affären zum endgültigen Aus für diese 17 Jahre alte Dauerbeziehung. Aber er ist jetzt ganz weit oben, kann sich alles leisten, nachdem er Erfolge ohne Ende eingeheimst hat – ob nun als Rechtsanwalt, Detektiv, Killer, Mafiaboss – oder als faszinierender „Joker" in einem „Global Play". Was immer man von ihm sagen mag, er ist durch und durch Nonkonformist. – Das muss damit zusammenhängen, dass bei ihm zu Hause tatsächlich alles anders war als in anderen Familien. Denn was der Journalist des *Time-Magazin* über Jack herausfand, ist eine unglaubliche Verwandtschaftsgeschichte: Demnach war die Frau, die er für seine Schwester hielt, in Wirklichkeit seine Mutter, während sich die Mama seiner Kindertage als seine Großmutter entpuppte.

Der Mann, der diese familiären Zusammenhänge erst mit knapp vierzig Jahren erfuhr, und sie sich nicht erklären, sondern nur darüber lachen konnte, ist kein anderer als der gefeierte Weltstar und mehrfache Oscar-Preisträger JACK NICHOLSON.

SCHÖNE FRAUEN FÜR DIE FREIHEIT

Es war die Zeit um Christi Geburt. Herodes, von Roms Gnaden König von Jerusalem, musste seinen Regierungssitz für einige Zeit verlassen. Er war verheiratet und liebte seine schöne Gemahlin abgöttisch. Ihn quälte der Gedanke, dass sie, falls er nicht zurückkehren würde, einem anderen gehören könnte. Von Misstrauen und Eifersucht zerfressen, ordnete er vor seiner Abreise an, seine Gattin zu töten, falls er nicht wiederkehren sollte. Doch sie erfuhr, wie wenig ihr Gemahl ihr vertraute. Aus Rache für diese Entwürdigung wollte sie nun das sein, wofür er sie hielt. Entschlossen, ihren Mann selbst zum Henker zu machen, gab sie ein rauschendes Fest, auf dem sie verführerisch tanzte. Als der heimkehrende Herodes das sah, ließ er sie – rasend vor Eifersucht – vor ein Gericht stellen, das sie auf sein Betreiben wegen Ehebruchs zum Tode verurteilte. Zu unrecht, wie er später erfahren musste. – Ob sich die Geschichte wirklich so zugetragen hat, ist nicht belegt. Doch im Jahr 1792 erinnerten sich die Pariser Revolutionäre an diese frühe Vertreterin für Freiheit und Selbstentscheidung der Frau. 1830 verewigte der Maler Eugène Delacroix die mutige Freiheitskämpferin mit entblößter Brust, wehender Fahne und Jakobinermütze – mitten im Schlachtgetümmel. – Das antike Vorbild hat seither in Frankreich viele Gesichter. Bis zum Jahr 1969 war sie auf allen überlieferten Darstellungen als anonyme Schönheit zu sehen. Doch dann hatte eines Tages der Bildhauer Aslan im Auftrag des Erotik-Magazins „*Lui*" die Freiheitskämpferin in moderner Form umgestaltet und ihr spaßeshalber das Antlitz von Brigitte Bardot gegeben. Dieser Scherz war unerwartet erfolgreich. Nach B. B. hat sich das Erscheinungsbild mehrmals verändert – je nachdem, welche Berühmtheit gerade dem Zeitgeist entsprach. Zu solchen Ehren kamen unter anderem Mireille Mathieu, Catherine Deneuve und Ines-de-la-Fressange. Doch alle stehen sie symbolhaft für die gleichen Ideale, für die ihr Vorbild – die Gemahlin des Herodes – die jüdische Prinzessin Mariamne in den Tod gegangen ist.

Heute findet sich ihre Büste als Symbol der Republik in jedem französischen Rathaus. Mit ihrer Jakobinermütze – einem Andenken an die Revolution – und mit weit geöffneter Corsage präsentiert sie allen Franzosen ihre Brust wie die Mutter der Nation – die MARIANNE.

Die Verschiedenheit von Spinnweben

Der Name H. W. Carothers ist sicher nur einschlägigen Spezialisten bekannt. Und auch Professor Dr. Paul Schlack gehört nicht gerade zu den überall bekannten Erfindern. Doch beide hatten einen Traum, den sie etwa zur gleichen Zeit – aber nicht am gleichen Ort – verwirklichten. Carothers war Amerikaner, und Schlack lebte in Deutschland. Beide experimentierten im Auftrag großer Firmen mit „plastischen Massen". Die hatten gegenüber Naturstoffen, die unberechenbaren Einflüssen ausgesetzt sind, den Vorteil, stets gleich bleibende Eigenschaften zu besitzen. Zwar gab es schon einige durch Umwandlung von Holz, Kohle und Erdöl hergestellte neuartige Materialien, doch erst 1930 war eine Gruppe von Substanzen entdeckt worden, deren Elastizität und Verschleißfestigkeit geradezu phänomenale Möglichkeiten versprach. Man nannte sie Polyamide. Etwa 100 Millionen Mark hatte der amerikanische Chemiekonzern *Dupont* investiert, bis Carothers am Ziel war. Mit nur fünf Millionen Mark und einer völlig anderen Methode war es zuvor schon Professor Dr. Schlack gelungen, für die *IG Farben* eine fast identische Faser zu synthetisieren. Das war 1938. Um sich nicht gegenseitig zu ruinieren, verabredeten die beiden Konzerne die Aufteilung der weltweiten Absatzmärkte. Doch dann brach der Zweite Weltkrieg aus, und bald kamen erste Alltagsprodukte auf den Markt, die der staunenden Menschheit das Revolutionäre der neuen Fasern vor Augen führten. Die hauchzarten und trotzdem höchst belastbaren Materialien machten jetzt vor allem in der Bekleidungsindustrie Furore. Sie waren leicht, haltbar und bügelfrei. Der Chemiekonzern *Dupont* revolutionierte die Strumpfindustrie der USA und machte Riesenumsätze. Nach dem verlorenen Krieg hatte die *IG-Farben* allerdings die Patentrechte eingebüßt. Doch die von Paul Schlack entwickelte Herstellungsmethode war bekannt. Daher konnten die neuartigen Synthetikgewebe nun überall auf der Welt lizenzfrei produziert werden. Allerdings hatte sich *Dupont* den Namen seiner heiß begehrten Kunstfaser gesetzlich schützen lassen.

Daher durften die Nachahmer ihr Produkt nicht als Nylon® auf den Markt bringen. Und so kam es, dass der Name, den der deutsche Erfinder Paul Schlack seinem Produkt gegeben hatte, weltweit zum Synonym wurde für alle lizenzfreien Synthetikstoffe: PERLON.

010 Eigentlich ein Schlaflied

Graf Hermann Carl von Keyserlingk war russischer Botschafter in Sachsen. Dem kunstsinnigen Adligen, der ein leidenschaftlicher Musikliebhaber war, gefiel sein Posten. Doch ab und zu ergriff ihn eine nahezu erdrückende Melancholie. Die Attacken kamen meist am Abend kurz vor dem Zubettgehen und raubten ihm den Schlaf. Um nicht allein sein zu müssen, nahm der vornehme Herr 1741 den zwölfjährigen Johann Gottlieb bei sich auf. Der Graf sorgte für eine erstklassige Ausbildung seines Schützlings. Besonderes Augenmerk legte er dabei auf qualifizierten Musikunterricht durch den besten Tonkünstler Leipzigs. Wurde der Graf von nun an von Schwermut ergriffen, verlangte er von dem Jungen, ihm während seiner Schlaflosigkeit in einem Nebenzimmer etwas Beruhigendes vorzuspielen. Doch nicht immer gefiel ihm die Musikauswahl des Knaben. Daher bat er den Klavierlehrer um einige möglichst sanfte Klavierstücke. Die sollten aber gleichzeitig einen aufmunternden Charakter haben, so dass er dadurch in seinen durchwachten Nächten stimmungsmäßig etwas aufgeheitert würde. Der Lehrer war tatsächlich auch Komponist und glaubte, dass er diesen Wunsch am besten durch Veränderungen an bekannten Musikstücken in nur einer Tonart erzielen konnte. Bisher hatte er eine solche Vorgehensweise wegen der stets gleichen Grundharmonien eher abgelehnt. Doch er lieferte die geforderte Musiktherapie, und sie war erfolgreich. Wann immer die schlaflosen Nächte kamen, musste sich Johann Gottlieb ans Cembalo setzen und die Musikstücke spielen, die seinem Herrn die ersehnte Linderung brachten. Der Komponist wurde für seine Arbeiten an diesem „Schlaflied" fürstlich belohnt: 100 Louisdor erhielt er für seine – wie wir heute wissen – kompositorische Meisterleistung. Ob die Virtuosität des 12-jährigen Cembalospielers Johann Gottlieb ausgereicht hat, deren unglaublichen Schwierigkeitsgrad zu meistern, ist nicht bekannt. Auf jeden Fall aber ist sein Name durch diese Variationen unsterblich geworden.

Denn eines der bedeutendsten Werke der Musikliteratur ist bis heute bekannt unter dem Namen von Keyserlingks jungem Schützling Johann Gottlieb Goldberg: die auf Johann Sebastian Bachs Klavierstücken basierenden weltberühmten GOLDBERG-VARIATIONEN.

LEGENDÄRE KRIEGERINNEN

Zu den diversen Heldentaten, die Herakles zu vollbringen hatte, um bei den Göttern zu Ansehen zu kommen, gehörte auch eine, die – verglichen mit seinen Kämpfen mit dem Löwen, dem Eber und der vielköpfigen Hydra – wenig aufwändig schien. Er sollte der Königin Hippolyte im entfernten Kleinasien eine Trophäe abnehmen: ein spezielles Geschenk des Kriegsgottes Ares. Die Sache gestaltete sich für Herakles vollkommen problemlos, da ihm die Königin den begehrten Gürtel sogleich als Gastgeschenk anbot. Doch die Gattin des Zeus – der als Herakles illegitimer Erzeuger galt – hat daraufhin in ihrer sagenhaften Eifersucht einen Kampf angefacht, der viele Frauen aus dem Umfeld der Königin Hippolyte das Leben kostete. Mag sein, dass dadurch die Kampffreudigkeit dieses kleinasiatischen Stammes entstand, in der man später matriarchalische Ursprünge vermutete. Es könnte aber auch sein, dass ein späterer Königinnenraub durch den Athener-

fürsten Theseus vermehrte kriegerische Handlungen herausforderte. Fest steht, dass die Königin Antiope, die Theseus entführt hatte, dessen Zuneigung erwiderte, und bei dem Befreiungskrieg, den ihre Leute vom Zaun brachen, mutig an seiner Seite kämpfte. Auch im Trojanischen Krieg soll die besondere Wehrhaftigkeit und Tapferkeit einiger Frauen eine Rolle gespielt haben. Achill, der stärkste der Griechen, soll dem Zweikampf mit Penthesilea richtig entgegenfiebert haben. Die Exotik seines Gegenübers habe in ihm eine geradezu perverse Mordlust entfacht, heißt es in der Ilias. Dass Männer damals in manchen Gegenden eher zur Fortpflanzung gebraucht wurden, nicht aber zur Verteidigung, ist also keinesfalls eine Ausgeburt der Phantasie. Bei Ausgrabungen in Griechenland und in der heutigen Türkei wurden Brustpanzer, Helme, Waffen und andere, eigentlich nur bei männlichen Toten vermutete Kriegsbeigaben, auch in vielen Frauengräbern gefunden. Das alles legt nahe, dass es die sagenhafte Reiche der kriegerischen Königinnen Hippolyte, Antiope und der Penthesilea wirklich gegeben hat.

Deshalb könnte stimmen, was die Mythen darüber hinaus noch erzählen. Es heißt, weil gezieltes und treffsicheres Bogenschießen nur dadurch möglich gewesen sei, hätten sie sich stets eine ihrer Brüste abschneiden müssen: die legendären Kriegerinnen der Antike – die AMAZONEN.

Eine zärtlich gemeinte Verkleinerungsform

Wenn ein gestandener Autofreak „Iso" hört, denkt er an Sportwagen mit klingenden Namen wie *Iso Rivolta*, *Iso Grifo* oder an den *Iso Se*, die schnellste Limousine der Welt. Der Vater dieser außergewöhnlichen Fahrzeuge war Renzo Rivolta. Er war ein unverbesserlicher Optimist, und das musste einer schon sein, wenn er im Jahr 1939 ein Unternehmen gründen wollte. Der *Duce del Fascismo*, Benito Mussolini, beherrschte Italien, und Deutschland war gerade dabei, der Welt den Krieg zu erklären. Dennoch hatte sich der Mann entschlossen, genau in dem Moment unter dem Namen *Isothermos* mit der Produktion von Badeöfen, elektrischen Heizkörpern und Kühlschränken zu beginnen. Wie die Firma *Isothermos* und ihr Besitzer die Kriegswirren überstanden, ist nicht bekannt. Hinterher hatte Renzo Rivolta aber keinen richtigen Spaß mehr an seiner bisherigen Produktpalette. „Es muss sich etwas bewegen", sagte er. Denn wie bei jedem temperamentvollen Italiener schlug sein Herz für die *automobili*. An eine eigene Automarke wagte er nicht zu denken, aber er gründete 1946 eine Firma namens *Isocarro*. Der Name war Programm. Während des wirtschaftlichen Aufschwungs in den 50er Jahren produzierte die Firma Scooter und leichte Motorfahrzeuge. Rivoltas sehr individuelle Fahrzeuge sahen ein bisschen aus wie Kombinationen von Kühlschrank und Badezimmer. Ihre Verwandtschaft mit der ursprünglichen Produktpalette von *Isothermos* konnten sie nicht verleugnen. Trotzdem waren sie bald schon über die Grenzen Italiens hinaus bekannt. Die ersten Wirtschaftswunder-Deutschen gingen auf Reisen, und häufig war ihr Wunschziel Italien. – Da hat dann vielleicht der eine oder andere Deutsche, der mit Moped, Roller oder Motorrad unterwegs war, mal neidisch nach den kleinen Fiats oder anderen Kleinwagen geschielt, die in Italien damals unterwegs waren. – Als dann BMW 1955 ein Kleinauto für 2.580 D-Mark anbot, fand es reißenden Absatz, und die Träume wurden endlich wahr. Bis 1962 hatte sich das kuriose Vehikel mit Fronteinstieg mehr als hundertsechzigtausendmal verkauft. Doch dass dieses Auto weder bayerischer Kreativität zu verdanken war, noch irgend etwas mit dem Fluss Isar zu tun hatte, wusste kaum jemand.

Der kleinste BMW, den es je gab, war vielmehr ein Lizenz-Produkt der Firma Isothermos. Und davon abgeleitet hieß die viel geliebte „Knutschkugel", die tatsächlich ein kleines Wunderwerk war, in deutschen Landen – ein bisschen zärtlich angehaucht – ISETTA.

Eine rätselhafte Grünanlage

Schon in vorchristlicher Zeit schildert der Dichter Antipatros in seinen Reiseerinnerungen ein immergrünes Paradies inmitten einer Region, die von mörderischer Hitze und Kargheit geprägt ist. Man könnte meinen, er hätte vielleicht eine Fata Morgana gesehen oder seiner dichterischen Phantasie freien Lauf gelassen, wenn nicht noch andere Hinweise auf dieses Wunder existierten. – 1899 begann Robert Koldewey, ein deutscher Archäologe, die Suche nach jenem verlorenen Paradies. Er war der Meinung, es müsse mitten in der Stadt Babylon eine solche Anlage gegeben haben. Und tatsächlich stieß er dort nach längeren Grabungen unter haushohem Schutt auf einen riesigen Gewölbebau – eine unvergleichliche Konstruktion mit meterdicken Außenmauern und Zwischendecken. In einem der Räume fand er eine Art Schöpfwerk, das paternosterartig Wasserbehälter nach oben transportierte, die sich am höchsten Punkt entleerten. Ein antikes Relief mit einem Aquädukt beweist, dass die Assyrer schon vor mehr als zwei Jahrtausenden derartige Systeme zur künstlichen Bewässerung gebaut hatten. Auf einem terrassenartig ansteigenden Terrain konnte so das knappe Wasser optimal genutzt werden. Koldewey nahm an, König Nebukadnezar II. hätte hier für seine aus Persien stammende Gemahlin einen künstlichen Hain angelegt, um ihre Sehnsucht nach den Wäldern ihrer Heimat zu mildern. – Doch als irakische Archäologen 1989 in der Königsstadt Nimrod ein mit kostbarem Goldschmuck ausgestattetes Grab einer assyrischen Königin entdeckten, die um 500 vor Christus eine Zeitlang in Babylon gelebt haben musste, ergab sich eine andere Situation. Wegen der assyrischen Bauweise lag es nahe, dass jene babylonischen Parkanlagen keinesfalls von Nebukadnezar II. stammten. Dazu kam, dass man in alten griechischen Texten einen genaueren Hinweis auf die Anlage fand, die Koldewey in Babylon ausgegraben hatte, die als eines der sieben Weltwunder der Antike gilt.

Der Name, unter dem jene terrassenartig angelegten und künstlich bewässerten Haine und Gartenanlagen bei den Griechen bekannt waren, bezieht sich auf eine assyrische Königin. Ihr assyrischer Name war Sammuramat. Und was Koldewey entdeckte, bezeichnen wir heute als HÄNGENDE GÄRTEN DER SEMIRAMIS.

014 DAS WEISS DER GEIER

Die Geschichte nahm der Sage nach ihren Anfang, als der Kriegsgott Mars eine Vestalin geschwängert hatte. Eine Tempeldienerin also, deren doppelte Leibesfrucht ihm aber wenig willkommen war, weshalb sie auf einem Fluss ausgesetzt wurde. Das Ende der Geschichte ist noch nicht abzusehen, denn auch heute herrscht in der Gegend, wo jene Kids später an Land kamen, eher Chaos als Ordnung. Jedenfalls, was die jeweils Herrschenden betrifft. Und von dieser Herrschaft handelt auch das Mittelstück der Story, von der das meiste so bekannt ist, dass es seit Jahrhunderten schon die Spatzen von den Dächern pfeifen. Jeder weiß: Die beiden Knaben, die auf dem Fluss ausgesetzt waren, wurden von einem gefährlichen Raubtier gesäugt und aufgezogen. Und später gründeten sie an der Stelle, wo sie ans Ufer getrieben worden waren, eine Stadt. Nicht irgendeine, sondern die Hauptstadt eines großen Reiches, das Weltgeltung errang. Und natürlich ging man immer davon aus, dass der göttliche Papa der beiden Stadtgründer, dem in ihren Mauern selbstredend das Marsfeld gewidmet wurde, seine Hand dabei im Spiel hatte, dass seine Kinder etwas wurden. Aber das stimmt nicht ganz. Denn zum einen ist nur einer der beiden Söhne erfolgreich geworden. Und zum zweiten war daran ein Omen schuld. Da nach einer alten Regel zwei Brüder nicht gemeinsam eine Stadt regieren durften, aber keiner der beiden das Erstgeburtsrecht geltend machen konnte, sollte der Wille der Götter aus dem Vogelflug erkundet werden. Die Zwillinge wurden auf verschiedene Hügel gesetzt. Bald sah man über den einen Berg – den Aventin – sechs Geier fliegen. Kurz darauf tauchten über dem anderen zwölf Geier auf. Der Zwilling, der dort auf dem Palatin saß, erhob wegen der größeren Anzahl der Vögel sofort Anspruch auf die Macht. Sein Bruder vom Aventin, bei dem die Vögel früher aufgetaucht waren, unterlag in dem Bruderzwist und wurde umgebracht. Die offizielle Mär vom Bruderpaar, das gemeinsam für Stadtgründung und Aufstieg sorgte, stimmt also nicht. Neben der Rettung zweier Knaben durch eine Wölfin, ist die Stadtgeschichte mit dem schweren Verbrechen des Brudermords belastet.

Allerdings wurde mit dem Namen der Stadt nicht etwa des gemeuchelten Remus gedacht. Vielmehr ist es der Brudermörder Romulus, der das Orakel zu seinen Gunsten nutzte, nach dem die Stadt „Roma" benannt ist. Und das ist die traurige, aber wahre Geschichte der Stadt ROM.

Ganz und gar keine Nischen-Sportart

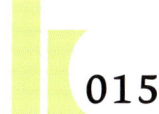

Die Feste der Mrs. Cornelly sind stets ein Höhepunkt des gesellschaftlichen Lebens. 1760 arrangiert sie im *Carlisle House* einen Maskenball und verspricht als besonderes Highlight so etwas wie eine Eislaufvorführung. Es ist gerade Mitternacht, als sich die Flügeltüren öffnen, und herein schießt – Violine spielend und in Schal und Mütze – Joseph Merlin. Das Sportgerät, das er an den Füßen trägt, hat der gelernte Instrumentenbauer aus dem belgischen Ort Huy nahe Lüttich eigens für die Vorstellung bei Mrs. Cornelly entwickelt. Doch die Darbietung wird ein einziger Flop. Kaum ist der Läufer durch die Tür geglitten, bringen sich die Gäste mit entsetzten Schreien in Sicherheit. Merlin ist offensichtlich nicht in der Lage, die Richtung zu ändern oder gar zu stoppen. Tatsächlich endet die furiose Fahrt in einem teuren Kristallspiegel, der klirrend zerbricht. Dieses Missgeschick hält für etliche Jahre etwaige Nachahmer von solchen Laufkunststücken ab. Erst nachdem Merlins Landsmann van de Lede 30 Jahre später einen leidlich erfolgreichen Versuch gewagt hat, wird das Gleiten allmählich immer beliebter. Daraufhin lässt der Franzose Jean Garcin sein Modell „Cingar" patentieren, und unter seiner Leitung entsteht eine „Laufakademie" – die erfolgreiche „Cingar"-Schule. Um die Jahrhundertwende erlebt der Sport eine echte Blütezeit. Spezielle Bahnen und Hallen werden gebaut, und in New York funktioniert man 1908 sogar den *Madison Square Garden*  zum riesigen Gleiter-Treffpunkt um. Die Weltkriege bremsen jeweils abrupt das inzwischen beliebt gewordene Freizeitvergnügen. Nach einem kaum beachteten Dasein als Nischen-Sportart in Deutschland und in der Sowjetunion beginnt Anfang der siebziger Jahre ein wahrer Boom, der die ganze Welt sozusagen überrollt. Die Initiatoren sind zwei Profi-Eishockeyspieler aus Minneapolis: Scott und Brennen Olsen.

Auf der Suche nach einem Schlittschuhersatz für ihr Sommertraining stießen sie auf die 1760 von Joseph Merlin erfundenen „Erdschlittschuhe". Und damit begann der eigentliche Siegeszug der inzwischen vielfältig modernisierten und überall beliebten ROLLSCHUHE.

Erster Aufguss im Meer

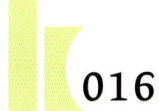

Seinen Ursprung hat der bis zu 15 Meter hohe Teestrauch mit den ovalen immergrünen Blättern in Ostasien. Dort wuchs er wild, doch die Triebe wurden schon seit Menschengedenken gesammelt. Nach England kam der Tee erst im 16. Jahrhundert und wurde schnell zum Nationalgetränk. Deshalb wundert es nicht, dass auch die „Neu-Engländer", die sich in Amerika angesiedelt hatten, nicht auf die gute alte Sitte des Frühstücks-, und *Five-o-clock-Tees* verzichten wollten. Doch 1767 hatte das englische Parlament beschlossen, den aufmüpfig werdenden Kolonien zu zeigen, wer das Sagen hat, und auf verschiedene Exportprodukte besondere Steuern erhoben. Die Folge war ein derartiger Proteststurm, dass zumindest die Teesteuer 1770 wieder zurückgenommen wurde. Doch inzwischen hatten die Holländer einen groß anlegten Teehandel begonnen. Sie brachten die begehrten Blätter zwar in weniger guter Qualität, aber zu äußerst günstigen Preisen auf den Markt. Das passte natürlich den Engländern ganz und gar nicht und das Parlament verfügte den *Tea Act* – ein Gesetz, das der *East India Company* das Privileg zusicherte, den gesamten Teehandel in die Kolonien abzuwickeln, und ihr diverse Steuervergünstigungen gewährte. Sofort brachten die *East India*-Leute ganze Schiffsladungen mit Teeüberschüssen nach Amerika, um sie weit unter Preis zu verkaufen, und damit ihr Monopol zu sichern. In verschiedenen Städten stornierten daraufhin die erbosten Teehändler sämtliche Bestellungen oder verweigerten die Annahme. Nur Boston machte eine Ausnahme. Doch bevor dort die Ladungen gelöscht werden konnten, stürmten – als Indianer verkleidet – etwa 60 Männer die Schiffe der *East India Company*. Angefeuert von einer großen Menge Bostoner Bürger warfen sie 342 Teekisten ins Meer. Es kam also 1773 in Boston nicht – wie von englischer Seite gern behauptet – wegen der hohen Teesteuer zum Aufstand.

Es waren vielmehr die Dumpingpreise zur Aufrechterhaltung des britischen Monopols, die zu jenem spektakulären Aufruhr führten, der in die Geschichte eingegangen ist als Auftakt zur amerikanischen Unabhängigkeit – die so genannte BOSTON TEA PARTY.

017 Nichts für müde Krieger

Immer schon – und immer wieder – versucht man, sportliche Ambitionen und Leistungen durch chemische Substanzen zu steigern. Es verwundert daher nicht, dass auch seriöse Arzneimittelhersteller auf diesem Gebiet experimentieren. Zumal ja der eine oder andere nicht nur an der Herstellung heilender Medikamente interessiert ist, sondern auch an einträglichen Geschäften – sei es mit Wunderdrogen wie heutzutage Viagra, oder mit Mitteln mit manchmal recht fragwürdiger Wirkung und in missbräuchlicher Anwendung. In diese Kategorie gehören auch die so genannten Appetithemmer, die allerdings nicht erst im Zeitalter magersüchtiger Idole erfunden wurden, sondern schon im Ersten Weltkrieg. Da begann die Darmstädter Firma Merck, eine synthetische Substanz aus der Familie der Amphetamine zu erproben, obwohl der Bedarf an Appetit zügelnden Mitteln kaum vorhanden war. Die Probleme von Fettleibigkeit und Übergewicht regelten sich durch den allgemeinen Lebensmittelmangel schon von ganz allein. Es war aber ein bestimmter, den Appetit hemmender Aspekt des Präparats, den die Forscher im Auge hatten, weil er anregte, unruhig machte und so auch Bewegung und Antrieb zu motivieren versprach. Die Erprobung verlief eher enttäuschend, und so stellte man bei Merck wegen „unerwünschter Nebenwirkungen" die Produktion ein. Mittel und Patent wurden nicht vermarktet. – Erst in den späten Sechzigern tauchte diese Amphetamingruppe in neueren Arzneimitteln zur Entspannung auf und bekam seither eine ungewöhnliche, wenn auch illegale Popularität. Und zwar gerade wegen der fast 50 Jahre zuvor so „unerwünschten" Nebenwirkungen. Damals hatte man nämlich versucht, bei kriegsmüden Soldaten einen aufputschenden Effekt zu erzielen, musste aber feststellen, dass das Präparat eher friedfertige und kommunikative Emotionen hervorrief und keinerlei Aggressionspotenzial hatte. Doch gerade diese Happy-Wirkung war jetzt angesagt.

So wurde die ursprünglich als Aggression fördernde Substanz von der Firma Merck entwickelte 3,4-Methylen-Dioxymeth-Amphetamin zur high-machenden Modedroge der Techno-Generation und bekam den durchaus dazu passenden Namen ECSTASY.

MÖRDERISCHE PRIVATDOMÄNE

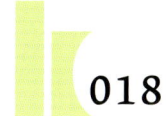

Als Henry Morton Stanley, britischer Sensationsjournalist, am 10. November 1871 im zentralafrikanischen Ujiji einen Weißen traf, begrüßte er ihn mit den Worten: *„Dr. Livingston, I presume."* Seine Vermutung war richtig. Wochenlang hatten viele Europäer Stanleys Sensationsstorys über die Suche nach dem angeblich verschollenen Afrikaforscher Livingston verfolgt und einiges über ein bisher wenig bekanntes Land erfahren. Angeregt durch diese Geschichten macht sich daraufhin auch ein gewisser Leopold auf, um Zentralafrika zu entdecken. Allerdings hat er kein wissenschaftliches Interesse am Schwarzen Kontinent. Er denkt an Profit, und klammheimlich wird er durch den Kauf von Ländereien der größte private Grundbesitzer in der Geschichte Afrikas. Bald gehören ihm zweieinhalb Millionen Quadratkilometer, ein Gebiet doppelt so groß wie Westeuropa. Als ergiebigste Geldquelle erweisen sich die wild wuchernden Kautschukbäume. Leopold hat seine ganz eigenen Methoden, um effektiv zu arbeiten. Wer von seinen eingeborenen Arbeitern das Soll nicht erfüllt, dem wird die Hand abgehackt. Am 23. Juli 1896 meldet eine Kölner Zeitung, dass an einem einzigen Tag „1308 abgeschlagene Hände" angefallen seien. Die Einwohnerzahl auf Leopolds Ländereien schrumpft von 20 auf acht Millionen Menschen. Doch er kann in seinem ganz privaten Königreich weiterhin uneingeschränkt herrschen und walten. Schon 1881 hatte er Diplomaten und Völkerrechtler mit der Ankündigung verblüfft, er würde am Kongo einen unabhängigen „Negerstaat" ausrufen. Man war ratlos: Noch nie zuvor hatte jemand als Privatperson einen Staat gegründet. Aber mit Hilfe einflussreicher Freunde und durch dubiose Versprechungen war es Leopold gelungen, den US-Kongress und später auch Frankreich davon zu überzeugen, seine Privatdomäne als selbstständigen, souveränen Staat anzuerkennen. Erst die weltweite Empörung über seine Gräueltaten veranlasste ihn 1908, die gesamte Region als *„Kolonie Belgisch Kongo"* dem Königreich Belgien anzugliedern. Und damit hatte er seinen privaten Landbesitz schließlich der offiziellen Regierung unterstellt.

Es ist kaum zu fassen, aber Leopold – der Mann, der sich mehr als 30 Jahre lang in Afrika einen Privatstaat leistete, in dem er die Menschen aufs Schlimmste ausbeutete – war kein anderer als der Belgierkönig LEOPOLD II.

Kein unbekanntes Land

Dominick La Rocca, Larry Shields, Eddy Edwards, Henry Ragas und Tony Sharbaro waren zum ersten Mal in New York. Sie waren im kalten Winter des Jahres 1917 aus dem warmen Süden der Vereinigten Staaten in die über den deutschen U-Boot-Krieg vor Erregung brodelnde Metropole gekommen und heizten die erregten Gemüter nur noch mehr auf. Sie traten nämlich in der New Yorker In-Kneipe „Reisenweber" auf, und zwar mit heißer Musik. Sie hatten sich schwarze Tuchmasken über die Gesichter gezogen. Aber nicht, um ihre Identität zu verstecken, sondern weil sie – obwohl sie allesamt Weiße waren – symbolisieren wollten, dass sie „Negermusik" spielten. Das war keineswegs abwertend gemeint, denn die Männer um Nick La Rocca liebten die Musizierweise, die in ihrer Heimatstadt New Orleans seit der Jahrhundertwende bei Schwarzen populär geworden war. In New York war diese Südstaatenmusik noch völlig unbekannt. Doch die fünf Männer aus dem Süden machten schnell Furore. Kaum einen Monat später nahmen sie ihre erste Schallplatte auf, und damit verbreitete sich die verrückte neue Jass-Musik noch schneller, als durch ihre Live-Auftritte. Verwunderlich ist für uns heute, weshalb die Fünf unter einem recht merkwürdigen Namen auftraten. Der bezog sich offenbar auf ein Land, das aber auf keiner Landkarte zu finden war. Doch in Wirklichkeit beruhte er auf einem sprachlichen Kuriosum. In einigen der amerikanischen Südstaaten – besonders in New Orleans – wurde als Umgangssprache noch häufig Französisch gesprochen. Daher hatte eine Bank in New Orleans – offenbar versehentlich – Zehndollarscheine gedruckt, auf deren Vorder- und Rückseite die Buchstabenfolge *dix* zu lesen war, was französisch war und „zehn" bedeutet. Die eher angloamerikanischen Südstaatler machten aus diesem *Dix* eine spöttische Umformulierung, indem sie noch zwei Buchstaben anhängten, was dann zu einer eher scherzhaft gemeinten Bezeichnung geworden ist. Und die griffen die Musiker auf, als sie ihrer Band einen Namen gaben. Der wurde dann bald zum Synonym für den speziellen Musikstil von Nick La Rocca und seiner Formation. Im Grunde spielten sie nicht anderes als heißen Südstaaten Jazz.

Und weil die Südstaaten nach der Panne mit dem Zehndollarschein gern als „Dixieland" verspottet wurden, nannte sich die Gruppe „Original Dixieland Jass Band". Und auch ihre Musik wurde überall bekannt als DIXIELAND.

Fluch der guten Tat

Seit der Antike hat man sich gern die Arbeitskraft von Sträflingen zunutze gemacht. Oft mussten sie Sklavendienste leisten, die so hart und grausam waren, dass sie dabei über kurz oder lang zu Tode kamen. Im 17. und 18. Jahrhundert bekamen zum Tode verurteilte Verbrecher manchmal eine kleine Chance, durch eine bestimmte, allgemein nützliche Tat begnadigt zu werden. Dafür mussten sie mutig, stark und flink sein. Immer wieder war es dem einen oder anderen Todeskandidaten den Versuch wert, mit einem einmaligen Befreiungsschlag sein andernfalls verwirktes Leben zu retten. Meist misslang die Sache, weshalb sich zu diesen Anlässen immer eine sensationslüsterne Menschenmenge versammelte. Dem jungen Ingenieur Paul Grognard, der in Toulon zum ersten Mal in seinem Leben einem solchen Ereignis beiwohnte, ging das von Entsetzen gezeichnete Gesicht eines Gescheiterten nicht mehr aus dem Sinn. Und er hatte eine Art Eingebung, wie man die Sträflinge vor einem derart grausamen Ende bewahren könnte. Seine Konstruktion war nicht kompliziert. Sie bestand aus einer großen Kammer, in der ein bestimmtes Objekt transportiert werden konnte. Grognard musste lange kämpfen, um starrsinnige Behörden und Kollegen zu überzeugen, dass seine Erfindung funktionieren würde. Doch schließlich konnte er mit einer Vorführung vor großem Publikum beweisen, dass die Sache klappte. – Doch für ihn selbst hatte seine geniale Erfindung fatale Folgen. Einer jener Galeerensträflinge, die nun nicht mehr die Möglichkeit hatten, ihre Haut zu retten, indem sie beim Stapellauf von Schiffen die letzten Hemmstützen wegschlagen und sich mit viel Glück aus der Gefahrenzone retten konnten, kam drohend auf ihn zu. Mit den Worten „Das ist der Mann des Fortschritts, der uns den Weg zur Freiheit nahm! Zur Hölle mit dir!" schwang er seinen schweren Hammer und zerschmetterte dem Ingenieur mit einem Schlag den Schädel.

Noch heute wird Grognards Erfindung in Hafenanlagen und Werften zum Bau und zur Reparatur der immer größer gewordenen Schiffe genutzt. Denn was der geniale Ingenieur damals in bester Absicht gebaut hatte, war das erste TROCKENDOCK.

Es kommt aus weiter Ferne

Ob Farben in der so genannten „grauen" Vorzeit schon besondere symbolische Bedeutung hatten, ist nicht bekannt. Und fraglich ist auch, ob beispielsweise die Farbe Rot immer schon als revolutionär galt. Vielleicht wurde Rot überhaupt nur deswegen als aufmüpfig angesehen, weil sich der „Plebs" damit einer Farbe bemächtigte, die wegen ihrer äußerst aufwändigen Gewinnung als so kostbar galt, dass sie nur für die Reichen erschwinglich war und daher lange Zeit den Mächtigen in Kirche und Staat vorbehalten blieb. Das hatte sich erst geändert, als nicht mehr nur kleine Schildläuse und rare Purpurschnecken die Grundlagen des roten Farbstoffs lieferten, sondern auch die viel billigere Krapppflanze zum Färben von Stoffen entdeckt worden war. Jetzt tauchte Rot auch in Tracht und Kleidung der einfachen Leute auf – etwa in den berühmten französischen Uniformhosen. Und vor allem in den Fahnen der Revolution. Das könnte allerdings auch daran gelegen haben, dass andere leuchtende und weithin sichtbare Farbpigmente damals noch viel teurer waren. – Eine Farbe, die immer schon zu den elementarsten gehörte, blieb bis ins erste Viertel des 19. Jahrhunderts hinein so rar und kostbar wie sie es im Mittelalter gewesen war. Da mussten die Maler ihren Auftraggebern genauestens erklären, weshalb es ohne diesen Farbton nicht ging. Vor allem in den Marienbildern ging es einfach nicht ohne, und auch in der Landschaftsmalerei hätte so manches Bild ohne sie einen düsteren, verhaltenen Charakter gehabt. Nicht nur teuer war diese Farbe, die so etwas wie der allgemeingültige Hintergrund aller irdischen Banalitäten ist, sondern auch etwas Magisches. Alles Vulgäre wurde dadurch getilgt und mit einem Mantel der Unschuld umhüllt. Sie bestand nämlich aus gemahlenen Edelsteinen. Und diese Lapislazuli-Steine mussten von weit, weit her geholt werden. Sie kamen stets aus Übersee, wurden also per Schiff übers Meer herangeschafft. Und diesem Umstand verdankt die Farbe – jene wunderbare, einmalige Himmelsfarbe – auch ihren so wohlklingenden Namen.

Jenes typische leuchtende Blau, das auf alten Gemälden vor allem den Mantel der Mutter Gottes kennzeichnet, hat nur wegen der Herkunft des Rohmaterials von jenseits des Meeres – lateinisch „ultra marinus" – seinen so überzeugenden Namen bekommen ULTRAMARIN.

022 Flammendes Inferno

Schon seit der vorigen Jahrhundertwende fanden in München jedes Jahr weltweit beachtete Kunstausstellungen statt – und zwar in einem außergewöhnlichen Bauwerk. Alle fünf Jahre sogar mit großer internationaler Beteiligung. Tausende von Besuchern wanderten durch die Ausstellungshallen, die zu einem der Wahrzeichen Münchens geworden waren. Berühmt wurden auch die in den prachtvollen Räumen stattfindenden Münchner Künstlerfeste. Das Gebäude galt als frühes Meisterwerk des Ingenieurbaus. Unmittelbares Vorbild war das Londoner „Märchenschloss", das Sir Joseph Paxton im Jahr 1851 für die allererste Weltausstellung gebaut hatte. In München hatten 1854 über 1000 Arbeiter in nur 78 Tagen ein ähnliches, 25 Meter hohes Gebäude mit der Grundfläche eines Fußballfeldes errichtet. Obwohl es kaum einer für möglich hielt, war es – wie geplant am 15. Juli – pünktlich zur Eröffnung der „Allgemeinen Ausstellung deutscher Industrie- und Gewerbs-Erzeugnisse zu München" fertig gestellt. Danach diente das Wunderwerk vielen verschiedenen Zwecken. Neben der architektonischen Kühnheit sollte das Gebäude einen unschätzbaren Vorteil haben: Es hieß, die einmaligen, wertvollen Exponate der diversen Kunstausstellungen wären hier keinerlei Gefahren ausgesetzt. Doch diese Annahme sollte sich schließlich als fatale Fehleinschätzung erweisen. Die Jahresausstellung 1931 glänzte mit der viel beachteten Sonderschau „Malerei der Romantik". Doch in der Nacht zum 6. Juni 1931 passierte das Unglaubliche: 110 der bedeutendsten Gemälde der deutschen Romantik – darunter neun Werke von Caspar David Friedrich – und etwa 3000 Bilder und Plastiken zeitgenössischer Künstler versanken in Schutt und Asche. München leuchtete nicht nur, es brannte! Am Anfang wurde Brandtstiftung angenommen, aber kaum einer konnte sich vorstellen, dass jemand bei der dieser Art Gebäude auf die Idee gekommen wäre, es würde überhaupt brennen. Das tat es aber. Und zwar gründlich. Die Ursache wurde nie herausgefunden. Man munkelte später von Selbstentzündung ölgetränkter Putzwolle in einer Abstellkammer. Zur allgemeinen Verblüffung hatten die ungewöhnliche Baumaterialien die explosive Gewalt und Glut des Feuers noch immens verstärkt.

Das als „unbrennbar" geltende Gebäude aus Glas und Stahl wurde bei dem Brand völlig zerstört und nie wieder aufgebaut. Es war nur knapp 77 Jahre alt geworden – das viel bewunderte Wahrzeichen der Isar-Metropole – der berühmte MÜNCHNER GLASPALAST.

023   Muse auf Abwegen

Hugo Guiler, ein erfolgreicher junger New Yorker Banker, ist im siebten Himmel. Er hat Juana Edelmira geheiratet – die Liebe seines Lebens. Sie ist eine bezaubernde Frau, tugendhaft und schutzbedürftig. Die ideale Gattin, die sich hingebungsvoll um ihr Heim kümmert und ihn in seiner Karriere unterstützt. Mitte der Zwanzigerjahre lässt sich Hugo von der National City Bank nach Paris versetzen, wo auch Juanas Familie lebt. In der Avantgardeszene der französischen Metropole versucht sich Juana als Tänzerin und Schauspielerin. Bald aber gilt ihre ganze Leidenschaft dem Schreiben. Hugo hat nichts dagegen, denn gerade die künstlerische Seite seiner Frau fasziniert ihn. Auch er dichtet nach Feierabend und die gemeinsame kulturelle und intellektuelle Entwicklung liegt ihm sehr am Herzen. Dass die Begegnung mit den wilden Bohemiens vom Montparnasse Juana verändert und die schöne Literatin beginnt, ihre körperlich-sinnlichen Vorstellungen auszuleben, merkt er nicht. Bei Kriegsausbruch kehren beide zurück in die USA, wo Juana bald zu einer erfolgreichen Romanautorin wird. Mitte der Sechziger gelingt ihr der große Durchbruch. Sie geht jetzt häufiger eigene Wege, verbringt manchmal Wochen und Monate ohne Hugo in der ländlichen Abgeschiedenheit ihres Hauses in Kalifornien. – Erst nach ihrem Tod erfährt Hugo – und mit ihm die Weltöffentlichkeit –, dass Juana jahrelang ein Doppelleben geführt hat. Ihre vorher nur in Auszügen erschienenen autobiographischen Aufzeichnungen werden jetzt vollständig veröffentlicht. Und in dieser schonungslosen Lebensbeichte bekennt sie, nicht nur die Verfasserin berüchtigter Erotika wie „*Delta der Venus*" zu sein, sondern auch die Geliebte zahlloser bedeutender Künstler und Wissenschaftler. Kaum einer wusste, dass sie – Juana Edelmira Antolina Nin Y Castellanos, die langjährige Ehefrau des Bankiers Hugo Guiler – mit Antoine Artaud, Gore Vidal und vor allem auch mit Henry Miller jahrelange literarische und erotische Beziehungen unterhielt. Doch das Geständnis, das sie ihrem Ehemann auf dem Totenbett gemacht hatte, war einfach unglaublich.

Über 25 Jahre lang gab es in ihrem Leben noch einen weiteren Mann: Rupert Pole. Und mit ihm war sie ebenfalls verheiratet – die Meisterin der erotischen Literatur, die alle Welt nur unter ihrem Künstlernamen kennt: die Geheimnis umwitterte ANAÏS NIN.

Appetitliche Umschreibung 024

Sprache sei etwas Lebendiges, erklären Sprachkundler, und deshalb entziehe sie sich hartnäckig allen zwangsmäßigen Reglementierungen. Nun gesteht man zwar Dichtern und Literaten das Recht zu, die Sprache nach eigenem Gutdünken anzuwenden, umgangssprachliche Veränderungen werden aber häufig als sprachverhunzend bezeichnet. Man kritisiert die Häufung von „Unwörtern" in der allgemeinen Kommunikation. Die sich mehrenden Anglizismen und das Idiotendeutsch, das manchmal Ausländern gegenüber angewendet wird, beklagen die Sprachapostel mit Recht. Desgleichen die Sprachregelung, die manche Staaten entsprechend ihrer politischen Ausrichtung erlassen, was meist in autoritären Systemen der Fall ist. Zusammen mit restriktiven Verordnungen werden auf diese Weise ganz spezielle Begriffe geprägt, die – *nolens volens* – in den alltäglichen Sprachgebrauch übergehen. Eine solche Politisierung der Sprache wird fatalerweise als Modernisierung und fortschrittliche Denkweise angepriesen. Höchst selten hat man die Möglichkeit, sprachlich nachzuvollziehen, ob solche neuen Ausdrücke auch durch real existierende Verhältnisse entstehen. Eine dieser seltenen Gelegenheiten ergab sich nach dem Zusammenschluss der beiden deutschen Staaten. In den so genannten „alten" Bundesländern regte man sich besonders über unverständliche Abkürzungen und Fachausdrücke auf, lachte über Worte wie „Broiler" und „Bückware" und verunglimpfte Bezeichnungen, die als unnötige Abstrahierungen von verallgemeinernden Oberbegriffen angesehen wurden. Dass solche Gattungsbegriffe manchmal aus einem ganz pragmatischen Grund heraus geprägt wurden, hat man im Westen nicht glauben wollen. Ein bestimmtes Neuwort ostdeutscher Prägung ist aber keineswegs bedeutungsloses sozialistisches Fachchinesisch, sondern die Konsequenz realer Alltagsprobleme, denn in den HO-Gaststätten wusste man wegen der Ernährungsengpässe nie mit Sicherheit, was man zur Verfügung hatte. Also führte man für Reis, Nudeln, Klöße und Kartoffeln einen auf all diese Nährmittel passenden Oberbegriff ein.

Der tauchte vor allem in ostdeutschen Gaststätten, Speiselokalen, Kantinen und Speisekarten auf. Denn da hieß es, zu Hauptgerichten wie Gulasch, Schnitzel oder Fischfilet gäbe es die jeweils vorhandene SÄTTIGUNGSBEILAGE.

025   Keiner ist wirklich scharf drauf

Kaum einer ist in den über 150 Jahren ihres Bestehens aus dieser entsetzlichen Einrichtung lebendig wieder nach Hause zurückgekehrt. Einem der wenigen Strafgefangenen, die den Aufenthalt überlebt haben, wurde zwar nachgewiesen, dass er es bei den in einem autobiografischen Roman so packend beschriebenen Abenteuern mit der Wahrheit nicht so genau genommen hatte. Dennoch stimmt es, dass die 1664 von den Franzosen gegründete Stadt, die mit dieser Einrichtung eng verbunden ist und unter ihrem indianischen Namen bekannt wurde, ein Symbol des Schreckens war. Früher wurden von dort aus die üblichen kolonialen Produkte wie Edelhölzer, Essenzen, Rum und auch ein bisschen Gold ins französische Mutterland verschifft. Berüchtigt aber wurde die Stadt nach der Sklavenbefreiung im Jahr 1848. Weil zur Ausbeutung der Schätze des Landes die billige Arbeitskraft der Schwarzen nicht mehr zur Verfügung stand, ordnete Napoleon III. 1852 an, dass alle Verbrecher, die zu mehr als sieben Jahren Gefängnis verurteilt worden waren, dorthin verbannt wurden. Der oben erwähnte Autor Henri Charrière – bekannt durch seinen später verfilmten Roman „Papillon" – wurde 1931 wegen Mordes dorthin geschickt und lernte die Strafkolonie in ihrer ganzen Brutalität kennen. Nach mehreren vergeblichen Versuchen gelang ihm 1944 – ein Jahr vor der Schließung – die Flucht. Papillon beschrieb sowohl die berüchtigte Teufelsinsel, als auch seine schrecklichen Erlebnisse im Strafvollzug im französischen Übersee-Département Guyana, das berüchtigt wurde für grausamste Zwangsarbeit unter mörderischer Sonne und menschenunwürdigen Bedingungen. Die Schrecken der Strafkolonie in den Pfefferplantagen von Cayenne sind geradezu sprichwörtlich geworden. Denn auf genau diese Arbeit in den Plantagen, in denen der berühmte Cayennepfeffer angebaut wurde, bezieht sich ein auch bei uns häufig benutzter Ausspruch.

Wenn man nämlich jemandem das Schlimmste auf Erden wünscht – also so etwas wie die Strafkolonie von Cayenne –, dann sagt man, er soll doch endlich dahin gehen – **WO DER PFEFFER WÄCHST.**

Die Kinder der Klosterfrau

Niemand konnte Berta davon abbringen, einen einmal gefassten Entschluss in die Tat umzusetzen. Auch nicht vom Eintritt ins Kloster. Dabei stand sie am Anfang einer glänzenden Karriere an der Kunstakademie. Schließlich war sie eine der besten Studentinnen ihres Jahrgangs. Zu gern hätten die Professoren die Laufbahn des talentierten Mädchens weiter gefördert, und ihre Enttäuschung war groß, als sie sich von ihnen verabschiedete, um Ordensfrau zu werden. Berta, die immer wieder Schwierigkeiten hatte, ihren Alltag zu organisieren, erhoffte sich in der streng geregelten Klosterwelt ihrer künstlerischen Arbeit nachgehen zu können. In der Paramentenabteilung des Klosters entwarf sie Vorlagen für Altardecken, liturgische Gewänder und Kirchenfahnen. Und schließlich erhielt sie die Erlaubnis, „kleine Kompositionen zu entwerfen". Sie begann eine besondere Art von Kinderbildern zu malen, die ab 1932 als Postkarten verkauft wurden. Doch 1937 war Schluss damit. Die Nazis verboten den Verkauf der – wie sie es nannten – „wasserköpfigen und klumpfüßigen Wichte", die dem nationalsozialistisch-arischen Idealen ganz und gar nicht entsprachen. – Doch die „Kinder" der Ordensschwester Maria Innocentia, wie Berta nun hieß, haben den Naziterror überlebt, meist in Amerika. In Texas haben sie sogar ein eigenes Museum bekommen. Ihr beispielloser Erfolg ist allerdings hauptsächlich dem Porzellanfabrikanten Franz Goebel zuzuschreiben. Er hatte Bertas Arbeiten 1932 entdeckt und mit dem Kloster sofort einen Lizenzvertrag über eine plastische Umsetzung der Zeichnungen geschlossen. 1935 waren die ersten Porzellanfiguren auf der Messe in Leipzig vorgestellt worden. Berta hatte persönlich die genaue Umwandlung vom Bild in plastische Gestalt überwacht. Und noch heute legt das Künstlerteam von Goebel dem Kloster jedes neue Modell zur Begutachtung vor. Außerdem wachen die 300 000 Mitglieder des 1977 gegründeten „Goebel Collectors Club" über die Authentizität der Figuren und veranstalten jährlich einen Double-Wettbewerb.

Dann werden sie lebendig, die „Kinder" der Ordensschwester Maria Innocentia, die eigentlich Berta Hummel heißt, und die Schöpferin der berühmten und beliebten HUMMELFIGUREN ist.

027 UNABSEHBARE KONSEQUENZEN

In der Geschichte des abendländischen Denkens gibt es eine Entdeckung, die trotz ihrer vergleichsweise geringfügigen Erscheinungsform in ihren Auswirkungen gar nicht hoch genug einzuschätzen ist. Diese geschichtliche Neuerung gewann in Europa unter dem Hohenstaufen-Kaiser Friedrich II. zunehmend Einfluss – und von da an allgemeine kulturgeschichtliche Bedeutung. Inmitten der kriegerischen Auseinandersetzungen der Kreuzzüge rief Friedrich II. 1236 in Pisa einen Gelehrtenkongress zusammen. Der hatte unter anderem das Ziel, die wirtschaftliche Situation des Kaiserreichs zu verbessern. Unter den Wissenschaftlern befand sich ein aus Pisa stammender Mann, der als Forscher Länder wie Ägypten, Syrien, Griechenland und Spanien durchwandert hatte. Sein vorrangiges Interesse war es, diesem Gelehrtenkongress eine revolutionäre Erfindung nahe zu bringen, die in zwei anderen Kulturkreisen schon längst angewandt wurde. Gerade im ansonsten vergleichsweise hoch entwickelten Europa könnte diese Bahn brechende Neuerung von besonderem Nutzen sein. In einem bestimmten Bereich würde sie ganz generell eine vereinheitlichende Ordnung ermöglichen, die bis dato undenkbar gewesen wäre. Aber auch ein bereits bestehendes System, das ohne diese Erfindung sehr schnell an seine Grenzen gestoßen war, konnte dadurch vervollständigt werden. Zum Beweis, wie gut sich die Neuerung im Gebrauch bewährte, bot der Wissenschaftler vor der ganzen Versammlung von Gelehrten die Lösung diverser, äußerst schwieriger Rechenaufgaben an. Zum Erstaunen aller Anwesenden gelang ihm das tatsächlich. Der Kaiser machte daraufhin die Verbreitung der Erfindung in ganz Europa zur Chefsache. Diese Neuerung ermöglichte Friedrich II. nicht nur die Systematisierung des Staatshaushalts und der gesamten Wirtschaft. Dass diese neue geistige Macht eine grundlegende Revolutionierung des menschlichen Denkens zur Folge hatte, konnte der Hohenstaufen-Kaiser natürlich nicht voraussehen. Doch wir wissen, dass es ohne sie weder die Statistik, noch Börsenspekulationen oder irgend welche Computertechnik gegeben hätte. Für all das war nämlich das zuvor gebräuchliche römische Zahlensystem völlig untauglich.

Was Friedrich II. im Jahr 1236 befahl, war die Einführung der arabischen Ziffern. Und damit wurde in Pisa von dem Forscher Lionardo Fibunacci eine ganz spezielle, den Europäern bisher völlig unbekannte Größe eingeführt. Und sie war das eigentlich Revolutionäre – die NULL.

Doch ein falscher Schwur

Völker haben ihre Mythen, Stämme ihre Rituale und so manches Land hat sein Nationalepos. Häufig sind es Freiheitskämpfer und Freunde der Armen und Entrechteten, die zu Nationalhelden erkoren werden, patriotische Urahnen, durch deren Einsatz das Land vom Tyrannen befreit wurde. – Über 700 Jahre ist es her, da erwuchs einem kleinen Land, das in sich zersplittert und durch Fremdherrschaft ausgepowert war, aus einem frommen Landmann ein Aufrührer, der sich nicht länger der Willkür eines Ausbeuters unterwerfen wollte. Die Sache begann damit, dass dieser Landmann sich weigerte, einem im Ort aufgestellten Popanz seine Reverenz zu erweisen. Die Strafe, zu der er deswegen verurteilt wurde, ging glimpflich ab, was ausschließlich seiner Geschicklichkeit zu verdanken war. Dann aber tat er einen unbedachten Ausspruch und wurde verhaftet, konnte jedoch fliehen, bevor das Gefängnis erreicht war. Nun erst recht, dachte der Mann, lauerte dem Tyrannen auf und meuchelte ihn. Wenig später rotteten sich die Geknechteten aus verschiedenen Teilen des Landes zusammen und vertrieben die Fremdherrscher allesamt. Aus dieser Zeit gibt es ein schriftliches Dokument – den so genannten „Bundesbrief" –, in dem sich patriotische Bürger verpflichteten, auf ewige Zeit zueinanderzustehen und sich gegen „Gewalttat, Beschwerden oder Unrecht" wehren. – Dass dieser unverbrüchliche Schwur an einem bestimmten, abgelegenen Ort und bei völliger Dunkelheit in lateinischer Sprache verfasst worden sein soll, halten heutige Historiker für unwahrscheinlich. Dennoch gibt es diesen Bund, und der bis heute andauernde Zusammenhalt untermauert die Legende um den Mann, der als Anstifter gilt. Da aber sein berühmter Schuss, der das eigentliche Signal zum Aufstand war, auch in frühen nordischen Sagen vorkommt, ist es eher wahrscheinlich, dass der ganze eidgenössische Heldenmythos aus einer wilden Mischung von Fantasie und Legenden entstand. Mit ziemlicher Sicherheit aber gab es weder den berühmten Schwur auf der Rütli-Wiese, noch den Landvogt Gessler.

Auch den frommen Landmann, der seinem Sohn einen Apfel vom Kopf schießen musste, hat es – das behaupten die Geschichtsforscher – so nie gegeben. Doch das hält die Schweizer nicht davon ab, ihn weiterhin als Nationalhelden zu verehren – den legendären WILHELM TELL.

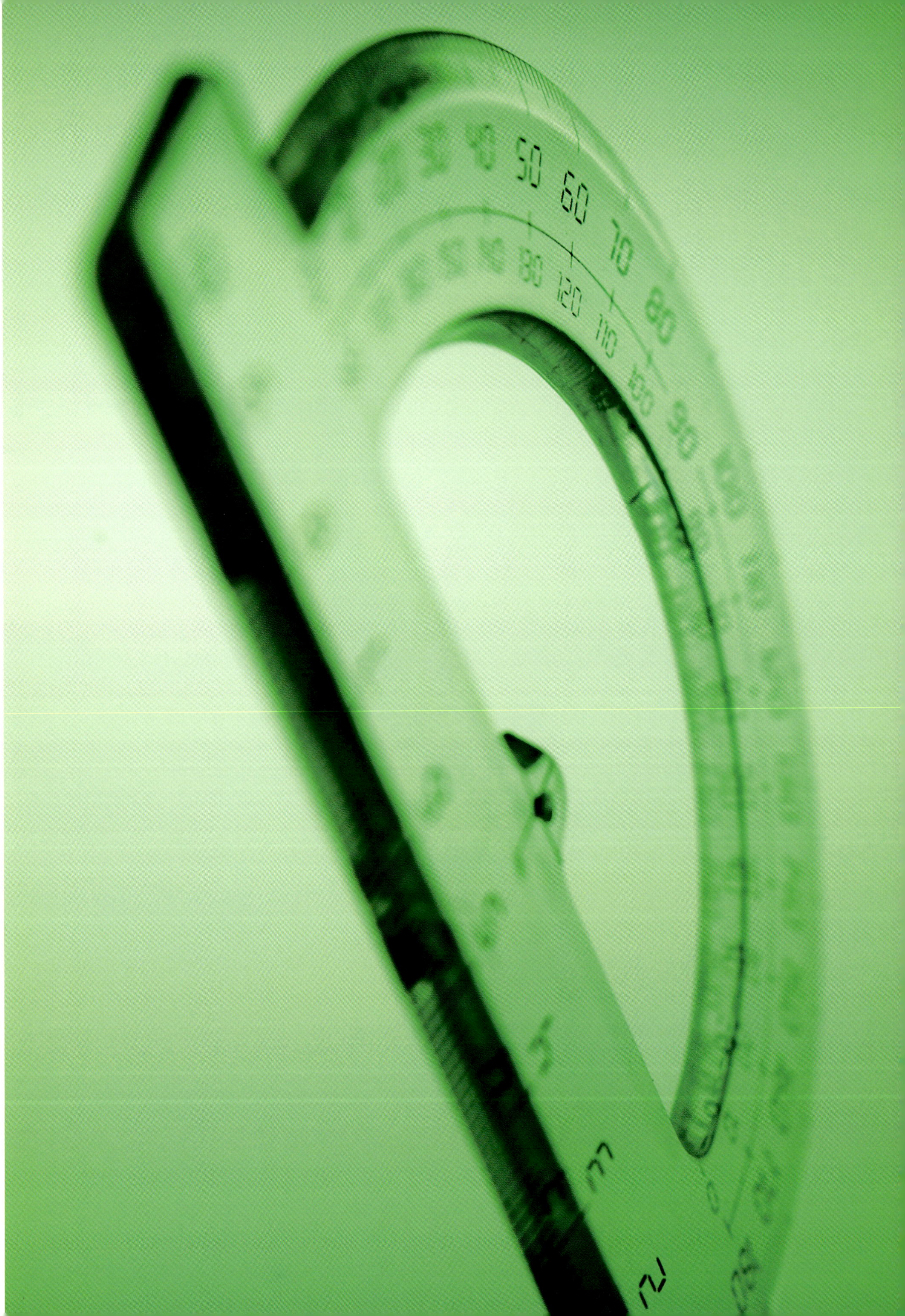

SIEGER ALLER KLASSEN

Der Kriegseintritt der USA war noch lange nicht in Sicht, aber die Allianzen in der Gegnerschaft zum Dritten Reich zeichneten sich schon 1939 deutlich ab. Es war allerdings auch nicht zu übersehen, dass die Sowjetunion und Frankreich ohne militärische Unterstützung von Seiten der USA zu Verteidigungszwecken nur unzureichend gerüstet waren. Das für Materialbeschaffung zuständige *U.S. Army Quartermasters Corps* sah sich daher mit besonderen Problemen konfrontiert. Zwar hatte die heimische Automobilindustrie eine breite Palette von Militärvehikeln entwickelt, die von Schwertransportern über spezielle Versorgungsfahrzeuge bis zu Panzern und Flugzeugen reichte. Doch jetzt wurde noch ein ganz besonderer Fahrzeugtyp gebraucht. – Der Automobilkonstrukteur Arthur William Sidney Herrington hatte im Ersten Weltkrieg in Frankreich festgestellt, welche Schwierigkeiten mit den konventionell angetriebenen Fahrzeugen im Gelände auftraten. Er hatte daraufhin bei der *Marmon Motor Company* in Indianapolis an verschiedenen Typen von Schwerlastkraftwagen mit Vier- und Sechsradantrieb experimentiert. Und mit dem kleinsten Vehikel seiner Serie hatte er genau das Fahrzeug entwickelt, das der Regierung jetzt vorschwebte. Nur eine viertel Tonne schwer, mit einem Vierzylinder-Motor ausgestattet, extrem geländegängig, stabil, war es geeignet für Steigungen bis sechzig Grad und auch in der Lage, seichte Flüsse zu durchqueren. Eben jenes Gerät, das man überall auf der Welt zu Aufklärungs-, Kommando- und Personentransportzwecken benutzen und sogar mit leichten Waffen und Armierungen ausstatten konnte. Das ideale Allzweckfahrzeug also. Zwischen 1940 und 45 stellte die amerikanische Autoindustrie 600 000 Stück dieser *„Vehicle for General Purpose"* her, und heute sind sie vor allem aus der Fun- und Freizeitgesellschaft nicht mehr wegzudenken. Aber der Name, unter dem sie bekannt geworden sind, gibt Rätsel auf. Es ist nämlich keineswegs der Name der Herstellerfirma, unter dem diese Fahrzeuge bekannt wurden.

Vielmehr ist es die etwas vernuschelte englische Abkürzung für „General Purpose" – also „Mehrzweck", –, die weltweit als Synonym benutzt wird für den allseits beliebten Allrad angetriebenen und fast überall brauchbaren Geländewagen „G.P."; den JEEP

030 EIN MAGISTRATSBESCHLUSS

Demokratie heißt Volksherrschaft: Alle Staatsgewalt hat – anders als in Monarchie und Diktatur – vom Volk auszugehen. Demokratie bedeutet, dass der Wille der Mehrheit aller Bürger gegenüber den Vorstellungen Einzelner durchgesetzt wird. In der so genannten plebiszitären Demokratie kann das Volk aber auch einer Vertrauensperson per Abstimmung diese Autorität übertragen und sich der Mitwirkung an öffentlichen Angelegenheiten enthalten. Da eine Demokratie in jedem Fall ein Rechtsstaat ist, gibt es aber zur Vorbeugung von Autoritätsmissbrauch gewisse Kontrollmaßnahmen. Dazu gehört das so genannte Einspruchsrecht gegen Amtshandlungen, das allen Volksvertretern in besonderen Fällen und aufgrund eines besonderen Beschlusses zugestanden werden kann. – In der Zeit von 1652 bis 1791 hatte im polnischen Reichstag jedes Mitglied das Recht, sämtliche Beschlüsse durch seinen Einspruch nichtig zu machen. Das geschah mit der Formel „*Nie pozwalam*" – ich erlaube es nicht –, und daraufhin musste die Angelegenheit neu diskutiert werden. Später wurde ein solcher Widerspruch andernorts auch in umgekehrter Richtung – also von oben her – zugelassen. In den USA hat beispielsweise sogar der Präsident das Recht, in seltenen, politisch oder wirtschaftlich brisanten Situationen, seine Ansicht durchzusetzen, auch wenn die Mehrheit anders entschieden hat. Ursprünglich entstanden ist dieses Recht im alten republikanischen Rom, wo die Volkstribunen Magistratsbeschlüsse rückgängig machen konnten. Und zwar einfach mit der Formel „Ich verbiete". Das bedeutete, dass trotz mehrheitlicher Zustimmung das Ganze noch einmal aufgerollt werden musste.

Heute gibt es fast überall in demokratischen Institutionen und auch auf internationaler Ebene gesetzlich festgelegte Einspruchsmöglichkeiten. Und die bezeichnen wir – analog dem römischen „ich verbiete" – was auf lateinisch „veto" heißt – als VETORECHT.

Einfach aus Sparsamkeit

Schon im letzten Drittel des 19. Jahrhunderts waren in Paris, London und New York Varietés und Vergnügungsetablissements wie das Moulin Rouge, der London Pavillon und der National Winter Garden entstanden, und es hatte sich eine neue, avantgardistische Tanzkunst entwickelt. Clevere Unternehmer wie Charles Zidler in Paris oder Billy Minsky in New York witterten ein gutes Geschäft. Exzentrische Tänzerinnen inszenierten ihre körperliche Attraktivität als öffentliche Zurschaustellung – doch selbstverständlich züchtig verhüllt, um die christliche Moral nicht zu verletzen. – Mae Dix, eine schöne Rothaarige mit üppiger Figur, wird von Billy Minsky, der immer auf der Suche nach neuen Attraktionen ist, vom Fleck weg für den National Winter Garden engagiert. Und bald schon sind sämtliche Vorstellungen ausverkauft, in denen Mae auftritt. Sie tanzt sehr erotisch, aber – wie die Zensur es verlangt – völlig angezogen im raffiniert einfachen schwarzen Kleid mit weißem Krägelchen und Rüschen am Mieder. – Angeblich um ihr Kostüm zu schonen, beginnt Mae eines Tages sich gleich am Ende der Vorstellung beim Abgang von der Bühne auszuziehen. Doch das Publikum verlangt voller Enthusiasmus wieder und wieder nach ihr, und Mae nimmt die andauernden Huldigungen mit jeweils einem Kleidungsstück weniger entgegen. Die Hüter der Moral sind jedoch stets präsent. Öffentliches Entkleiden ist selbst auf der Bühne und in dieser beiläufigen Art strengstens untersagt, und es kostet Mae jedes Mal zehn Dollar Strafe. Aber sie ist jetzt die Attraktion im Winter Garden, weswegen Billy Minsky für ihre Auftritte ein spezielles Alarmsystem arrangiert, durch das sie sofort erfährt, wenn Aufpasser im Saal sind. Wenn nicht, dann heimst Mae so viel Beifall ein, dass sie ihren verführerischen Entkleidungstanz fortsetzt, und langsam und lasziv Stück für Stück alle Hüllen fallen lässt – bis zur völligen Nacktheit.

Schnell hatte sich Billy Minsky auch die passende Bezeichnung für das damals bei Strafe verbotene – und deshalb umso begeisterter gefeierte – „erotische Ausziehen" ausgedacht. Und damit ein neues Genre erfunden – den STRIPTEASE.

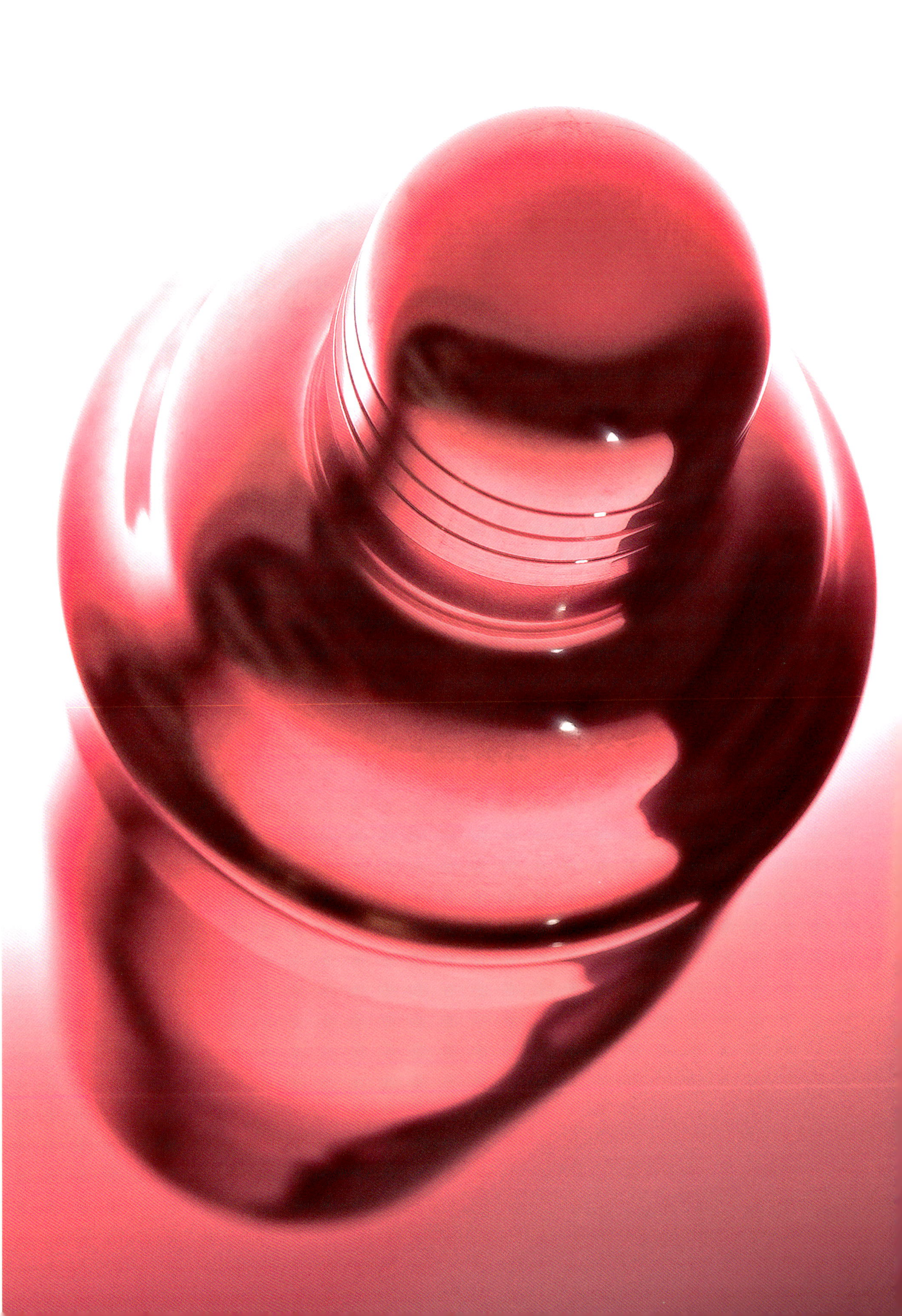

Funktional und formvollendet

1774 waren acht Männer und Frauen einer spirituellen Vereinigung von England nach Amerika ausgewandert. Die Gruppe hoffte hier ihren Traum von einer gerechten Gesellschaft ohne Krieg und Ausbeutung verwirklichen zu können. 50 Jahre später lebten etwa 6000 Mitglieder dieser Gemeinschaft zwischen Maine und Kentucky. Sie unterwarfen sich strengen Regeln: gemeinschaftlicher Besitz, absolute Gleichberechtigung der Geschlechter, einfaches Leben und – kein Sex. Um sich trotz ihres Zölibats Nachwuchs zu sichern, adoptierten sie Kinder oder auch ganze Familien. Das Motto der Gemeinde „Hände zur Arbeit und Herzen zu Gott" bestimmte die täglichen Aufgaben, zu denen auch die Fertigung praktischer Alltagsobjekte gehörte. Kompromisslos missachtet die Gemeinschaft die wechselnden gesellschaftlichen Moden und Strömungen ihrer Umgebung. Extravaganzen und Individualismus sind für sie Teufelswerk: Sie führen zu Stolz, Eitelkeit und Überheblichkeit des Einzelnen gegenüber der Gemeinschaft. Das gilt genauso für die Dinge des täglichen Bedarfs, die ebenfalls den religiösen Anforderungen entsprechen müssen und die Moralität des „schlichten und einfachen" Lebens widerspiegeln. Als im frühen 19. Jahrhundert die Einkünfte der Gemeinden aus der Landwirtschaft abnehmen, sieht man sich gezwungen, Gebrauchsgegenstände zum Verkauf herzustellen. Die ab 1871 in eigenen Manufakturen gefertigten Produkte sind praktisch, funktional und bescheiden. Auch bei den bald in Massenproduktion hergestellten Alltagsobjekten wird auf einfache Herstellung, optimale Brauchbarkeit und Schonung der verwendeten Ressourcen geachtet. – Frühe, selten gewordene Einzelstücke aus der Produktion der Gemeinschaft sind heute zu Sammelobjekten geworden und gerade aufgrund ihrer Schlichtheit sehr begehrt. Manche dieser Gegenstände kosten ein Vermögen. Kaum vorstellbar, wie das mit Regeln des bescheidenen Lebens dieser besonderen Quäker-Gemeinschaft zu vereinbaren ist, die man unter einem merkwürdigen Namen kennt.

Durch ihre übersteigerte Hingabe beim Gottesdienst gerieten sie in einen ekstatischen Zustand, der sich in wildem Gehüpfe und Geschüttel äußerte. Schütteln heißt auf Englisch „to shake", und jene Frommen amerikanischen Einwanderer wurden dementsprechend bekannt als die SHAKER.

033 GEGEN BÖSE GEISTER

Seit Urzeiten gilt die Zeit der Wintersonnenwende – also die so genannten Raunächte zwischen dem 25. Dezember und dem 6. Januar – als finster und bedrohlich. Unsere heidnischen Vorfahren hatten für diese Zeit spezielle Zaubersprüche. Außerdem räucherten sie Haus und Stall aus, um Mensch und Tier vor bösen Geistern zu schützen. Später, nachdem nicht nur die Menschen, sondern auch ihre heidnischen Bräuche christianisiert waren, wurde immer noch weiter gezaubert und geräuchert. Bis zum Jahr 354 feierte man in der letzten Raunacht am 6. Januar den Geburtstag des Erlösers. Erst viel später wurde die Geburt Christi auf den 25. Dezember verlegt. Dennoch war die Nacht vor dem 6. Januar bei den bösen Geistern offenbar besonders beliebt. Daher traute man sich nicht, diesen kultisch so wichtigen Tag aufzugeben und wählte kurzerhand die Heiligen Drei Könige mit ihrem Stern zum Festinhalt. In alpenländischen Gegenden ist es seither Tradition, dass arme Kinder – vor allem die Kinder der Tagelöhner – als Heilige Drei Könige verkleidet von Haus zu Haus ziehen. Die so genannten „Sternsinger" klopften an die Türen der Herrschaft, verkündeten die Geburt Christi und bettelten um ein Almosen. – Heute wird dieser Brauch von allen deutschen Bistümern unterstützt, und bis Mitte Januar eines jeden Jahres sind rund 500 000 Sternsinger unterwegs und bitten um Spenden – nicht für sich, sondern für die vom Hunger bedrohten Kinder in der Dritten Welt. Zum Dank für eine Opfergabe schreiben sie – wie schon die ersten Christen – mit geweihter Kreide die Buchstaben C+M+B an Haus- und Wohnungstüren. Allgemein wird das Zeichen immer als Kürzel für die Königsnamen verstanden.

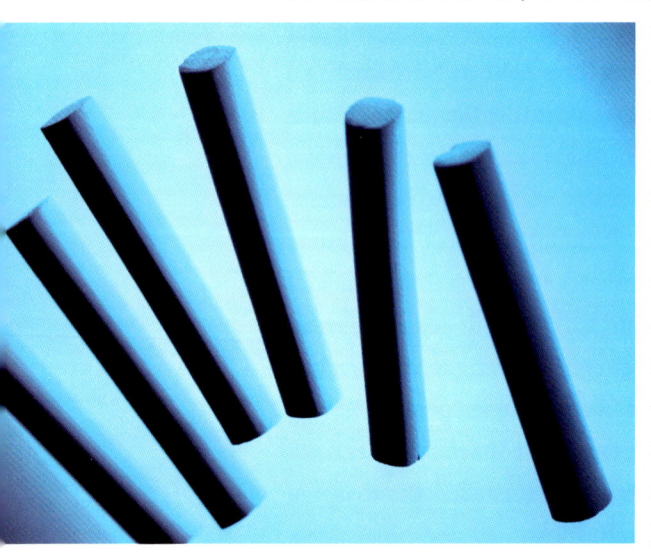

Doch die drei Initialen beziehen sich keineswegs auf die Namen der Heiligen Drei Könige – Caspar, Melchior und Balthasar. Vielmehr steht das C für Christus, das M für Mansionem und das B für Benedicat, Christus Mansionem Benedicat – also: CHRISTUS SCHÜTZE DIESES HAUS!

HAUSGEMACHTER MARKENNAME 034

Schon in jungen Jahren zeigt August, der im Jahre 1868 als Sohn eines Schmieds geboren wurde, eine besondere handwerkliche Begabung. Ohne große Mühe baut er sich als 13-jähriger ein bestens funktionierendes Fahrrad. Um seine Neugier an technischen Erfindungen zu befriedigen, entschließt er sich, Maschinenbau zu studieren. Keine Errungenschaft der Technik fasziniert August so sehr wie das Automobil. Folgerichtig nimmt er die ihm angebotene Stelle als Ingenieur bei der Firma Carl Benz begeistert an. Mit 28 Jahren ist August bereits Betriebsleiter. Doch der einfallsreiche Konstrukteur stellt rasch fest, dass „Papa Benz" – wie er den Firmenchef heimlich nennt – einen sehr konservativen Automobilbau betreibt und vor Experimenten zurückschreckt. So ist es nicht verwunderlich, dass sich der vor neuen Ideen nur so strotzende August 1899 mit einer eigenen Werkstatt selbständig macht. Vier Jahre später gründet er seine „Motorwagenwerke", eine Aktiengesellschaft. Mit der innovativen Vertriebsidee, den Namen seiner Firma durch sportliche Erfolge bei Autorennen bekannt zu machen und damit den Verkauf anzukurbeln, erregt er schnell Aufmerksamkeit. Das Konzept scheint aufzugehen: Seine Wagen sind bei Wettbewerben meist die schnellsten, und der Name ist bald in aller Munde. Doch als die Rennerfolge spärlicher werden, wird August von seinen Gesellschaftern völlig ungerechtfertigt für den Absatzrückgang der inzwischen renommierten Automobile verantwortlich gemacht. Er muss auf Verlangen des Aufsichtsrats aus seinem eigenen Werk ausscheiden. Aber er ist weit davon entfernt, die große Leidenschaft seines Lebens aufzugeben. Noch im selben Jahr gründet August eine neue Autofabrik. Allerdings darf er seinen alten Firmennamen nicht benutzen. Die Rechte daran hat er seinem früheren Betrieb übertragen müssen. Doch der listige Automobilpionier findet eine raffinierte Lösung. Im Jahr 1909 kreiert er für den neuen Automobilbetrieb einen ungewöhnlichen und Aufsehen erregenden Namen, der gleichzeitig einen Aufruf zum Hinhören darstellt.

August wählte einfach eine besondere Version seines alten Firmennamens „Horch", der auch sein Familienname war. Er übersetzte ihn ins Lateinische und schuf so den klangvollen Markennamen für einen bald schon weltweit bekannten Automobilkonzern, denn er machte aus Horch „AUDI".

035 Gottes selige Ameisen

Im südamerikanischen Großreich des guten alten Montezuma wurden für einen arbeitstüchtigen Sklaven etwa 100 Samenkörner einer bestimmten Baumfrucht bezahlt. Vier dieser seltsamen Samen musste man für einen ordentlichen Kürbis hinlegen. – Es mag paradox klingen, aber die Ernte genau dieser Baumfrucht gilt heute als Sklavenarbeit. Als Zahlungsmittel wird jene Samenfrucht allerdings nicht mehr verwendet. Sie ist vielmehr zur Grundlage eines weltweit überaus begehrten Genussmittels geworden. Bis die für den heutigen Geschmack notwendige Zubereitungsweise gefunden wurde, mussten allerdings Jahrhunderte vergehen. So etwa zwischen 1829 und 1879 begann dann der unaufhaltsame Siegeszug jenes bald überall gefragten Genussmittels. Man war dem bitteren und schwer zu verarbeitenden Rohstoff lange Zeit auf verschiedene Weise zu Leibe gerückt. Schließlich auch mit allerlei hydraulischem Gerät und diversen Pressen. Dadurch gelang dann die überaus köstliche Verschmelzung der exotischen Samenfrüchte mit anderen Zusatzstoffen. Seitdem wuchern Legenden und Sagen, wie auch Warnungen und Schreckensmeldungen um das meist dunkel und verlockend aussehende Edelprodukt. – Es ist aber anzunehmen, dass schon die Azteken das süße Geheimnis kannten, doch sie behielten es – aus welchen Gründen auch immer – für sich. Ihr gefiederter Windgott soll ihnen einst Heere von Ameisen ins Land geschickt haben, beladen mit diesen wertvollen Samen, denen sie bald magische und heilende Kräfte zuschrieben. Auch der Name, unter dem wir die aus dieser Samenfrucht hergestellten Produkte kennen, stammt von den Azteken. Sie schätzten die vielfältigen Nutzungsmöglichkeiten der Früchte und dankten ihrem Windgott für das Ameisen-Geschenk.

Der Windgott hieß Quetzalcoatl. Zu seinen Ehren nannten die Azteken die von den Ameisen ins Land gebrachten Samenfrüchte des Kakaobaumes, aus dem sie unter anderem ihren Göttertrank brauten – Xo-co-atl. Und daraus wurde bei uns SCHOKOLADE.

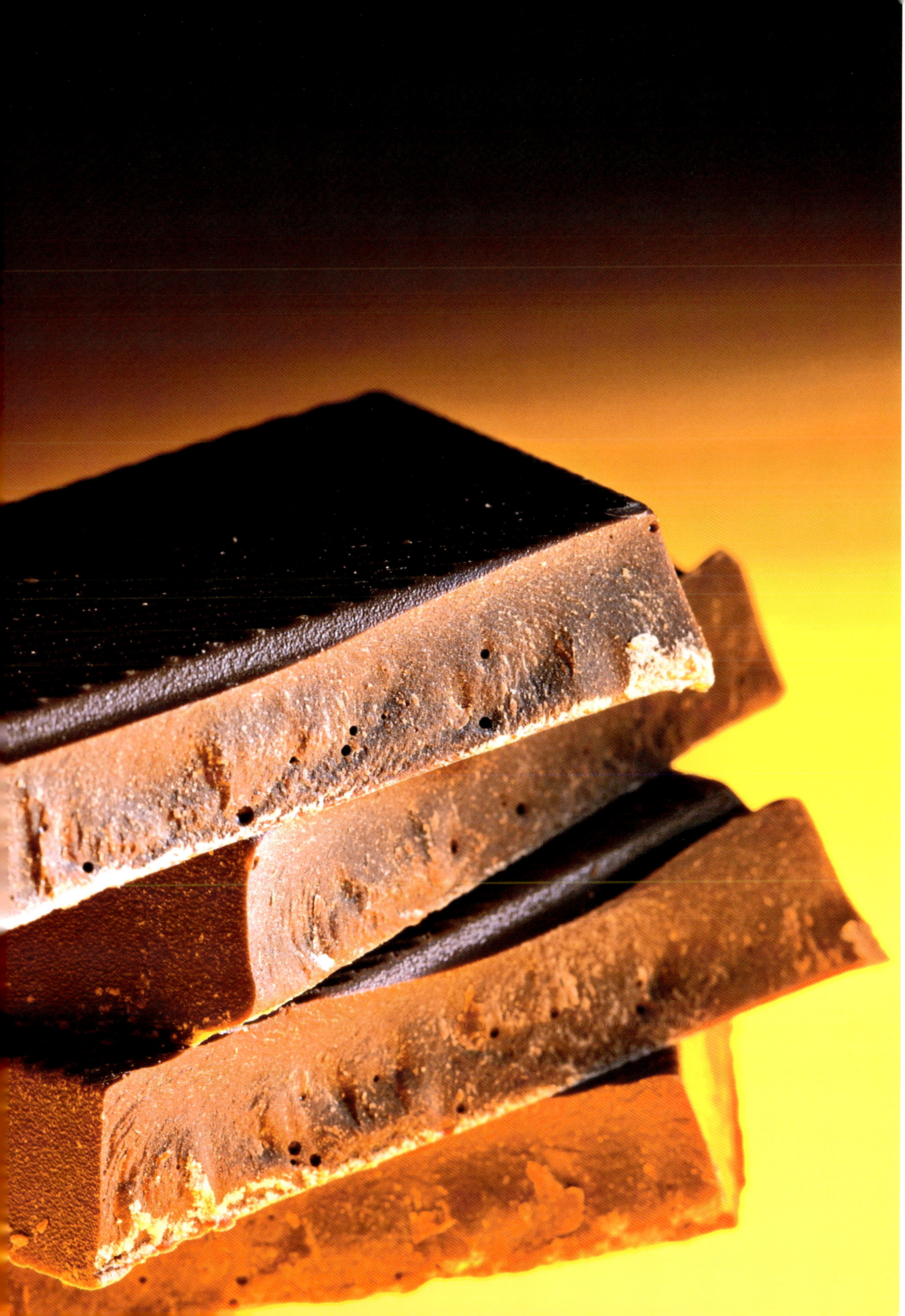

036 Das seltsame Pariser Leben

Herkunftsbezeichnungen wie etwa Itaker oder Hottentotte haben bei uns nicht selten durch bestimmte Umstände eine besondere Bedeutung bekommen. Und oft genug eine abwertende. Nicht immer ist daran das individuelle Verhalten der Betreffenden schuld. Vielmehr sind es generelle Vorurteile gegenüber Einwanderern, allgemeine Fremdenfeindlichkeit und manchmal auch Neidgefühle, die zu solchen Verunglimpfungen führen. Es gab aber auch seltsame Bedeutungswandlungen, die nahe legen, dass sich die Wertschätzung mancher zunächst als Schimpfnamen geltender Bezeichnungen zu späteren Zeiten geradezu ins Positive verkehrt haben. So wurde beispielsweise für die Heimat einer Menschengruppe, die im 17. Jahrhundert von Osten kommend große Teile Westeuropas durchzog, zunächst eine völlig falsche Region angesehen, die dadurch in Verruf geriet. Diese nicht ansässigen Leute wurden als „Herumtreiber" bezeichnet und erweckten bald überall den Argwohn der braven Bürger, weil sie ein ziemlich unbürgerliches und ungeregeltes Leben führten. Und gerade deshalb wurden sie später zu Namensgebern für eine von anderen jetzt geradezu als erstrebenswert angesehene Lebensweise. Mitte des 19. Jahrhunderts schilderte nämlich der Schriftsteller Henri Murger das genial-liederliche Leben und Treiben der Studenten und Künstler im Pariser *Quartier Latin*. Er verglich sie auf positive Weise mit den aus dem Osten kommenden Nichtansässigen. Wenig später übernahm Giacomo Puccini diesen Ausdruck, mit dem Murger die lockere Lebensform eines freizügig-kreativen Künstlervölkchens charakterisiert hatte. Als Vorbildfiguren für dieses unbürgerliche Leben wurden die Zigeuner angesehen, und weil sie angeblich aus Böhmen stammten, wurde dieser speziellen Pariser Szene das Attribut gegeben, zigeunerisch, also „böhmisch" zu sein. Auf Französisch heißt das *„bohème"*.

Daher bekam das lockere Völkchen im Quartier Latin – wie Puccinis Oper – den Namen „La Bohème". Und bei uns werden Menschen mit unkonventionellen künstlerischen Attitüden – auch wenn sie nicht mit den Böhmen zu tun haben – ebenfalls als BOHEMIENS bezeichnet.

Ein vergessenes Quarkbrot

Schon in der Altsteinzeit – also vor circa 120.000 Jahren – experimentierten die Hirtenvölker, die in dieser Zeit verschiedene Teile des Erdballs bewohnten, mit der Milch ihrer Weidetiere. Die älteste bekannte Darstellung der Milchverarbeitung ist ein vor 5000 Jahren in Kalkstein gehauener Tempelfries der Sumerer. Hockende Männer melken Kühe, die Milch wird in spitz zulaufende irdene Töpfe abgeseiht. Durch die Aufbewahrung von Milch in Mägen und Därmen geschlachteter Tiere ist es schon in grauer Vorzeit zur Entdeckung des Lab-Ferments gekommen, da die Milch in den Kälbermägen gerann und zu einer weichen, streichfähigen Masse wurde. Die einfachste Art der Verarbeitung war das Erhitzen von natürlich gesäuerter Milch, die die Hirten in Zentralasien betrieben. So entstand Quark, der in frischer und getrockneter Form als Nahrung genutzt wurde. Für die milcharmen Wintermonate wurden aus dem von der Molke abgetrennten bröseligen „Bruch" kleine flache Kugeln geknetet, die man mancherorts auch räucherte. In Europa waren es die Mönche, die die Veredelung der Milchprodukte vorantrieben. Manche Herstellungsverfahren werden bis heute geheim gehalten. Die Namen beziehen sich auf bestimmte Regionen. – So auch bei einem Milchprodukt, das sein Entstehen allerdings einem Zufall verdankt. Ein kleiner Hirtenjunge hatte sich im südfranzösischen Departement Aveyron bei einem Unwetter mit seinen Schafen in eine Höhle geflüchtet und dort sein Quarkbrot liegengelassen. Wochen später fand es ein umherstreifender Mann aus dem Ort, der wohl sehr hungrig gewesen sein muss. Er traute sich in das von blaugrünem Schimmel durchzogene Überbleibsel hineinzubeißen und stellte fest, dass es nicht nur köstlich schmeckte, sondern auch äußerst bekömmlich war. Heute wissen wir, dass in den Felsenhöhlen, die man bald darauf zur Käseherstellung nutzte, durch die spezielle Beschaffenheit und Wasserdurchlässigkeit des Gesteins ein ganz besonderes blaugrünes Penicillium gedeiht. In Frankreich werden inzwischen verschiedene Arten von Blauschimmelkäse hergestellt.

Aber nur der auf Eichenregalen gereifte Schafsmilchkäse aus jenen Felsenhöhlen in der Nähe von Toulouse darf unter dem berühmten Namen des Ortes verkauft werden, an dem der allererste Blauschimmelkäse entstand. Und das ist der ROQUEFORT.

038 NUR ANGST UND NEID

Wie sehr Fremdenfeindlichkeit schon immer das Verhalten der Menschen bestimmt, lässt sich an verschiedenen historischen Ereignissen zurückverfolgen: an Kriegen natürlich, an Pogromen und Verfolgungen, aber auch an verbalen Verunglimpfungen, die sich bis heute in unserer Sprache erhalten haben. Eine wichtige Rolle spielte unter anderem der Neid auf bestimmte Fertigkeiten, die in einem Kulturkreis besser entwickelt waren, als in einem anderen. – Im Bereich des Handels entstand beispielsweise schon im späten Mittelalter – parallel zum etablierten Gewerbe, das nur am Ort der Niederlassung ausgeübt wurde – der mobile Vertrieb durchreisender Verkäufer. Diese Geschäftsart wurde bald als „Nomadenindustrie" bezeichnet und überall mit Argwohn betrachtet. Vor allem, weil die umherziehenden Händler oft von weither kamen und sich natürlich in Aussehen, Sprache, Religion und Lebensweise von den Einheimischen unterschieden. Darüber hinaus war dieses Hausierergewerbe schwer zu kontrollieren. Mängel bei der feilgebotenen Ware oder durch unzureichende Hygiene eingeschleppte Krankheiten wurden ihm angelastet. Aber auch die verlockende Vielfalt des Angebots brachte das ambulante Gewerbe in Verruf. Dazu kam, dass beim Direktverkauf vom Händler zum Konsumenten die Preise günstiger ausfielen, was sich meist zum Nachteil der ortsansässigen Kaufleute auswirkte. Und dann war da noch der Reiz des Exotischen, den Zugewanderte und Durchreisende ausstrahlten. Das erweckte die Sehnsucht nach der unbekannten Ferne und löste andererseits bei den Ansässigen Komplexe und Feindseligkeiten aus. – Vorurteile gehörten immer schon zu den Merkmalen der Xenophobie, die sich dann im 19. Jahrhundert noch verfestigte, als immer häufiger wandernde Händler aus Kroatien und Slawonien nach Süddeutschland kamen. Die verdienten sich ihr Geld mit dem Verkauf diverser handwerklicher Gegenstände, die sie aus ihren Heimatregionen mitbrachten. Nachdem sie in den Dörfern von Tür zu Tür gingen und dabei meist mit den zuhause arbeitenden Frauen in Kontakt kamen, wurde ihnen generell nachgesagt, sie wären die übelsten Gauner und Verführer.

Und wenn heute jemand als schlauer, trick- und erfolgreicher Charmeur oder Verkäufer auftritt, dann bezeichnet man ihn – in bester fremdenfeindlicher Tradition – und wegen der als besonders gerissen geltenden Hausierer aus dem damaligen Slawonien – als SCHLAWINER.

Blond und blauäugig

Die meisten Menschen, die ihr einen Besuch abstatten, wissen gar nicht, was es wirklich mit ihr auf sich hat. Trotzdem sind viele äußerst ergriffen, wenn sie sie sehen. Sie stellen sich offenbar immer wieder die Frage, was es bedeutet, dass sie so traurig sind. Man kann sich aber auch einfach von ihr bezaubern lassen, denn immerhin ist sie eine Touristenattraktion. Eigentlich müssten wir einen großen deutschen Dichter als ihren Promoter feiern, denn er hat von vornherein ihr Loblied gesungen und sie dadurch neuzeitlich berühmt gemacht. In Wirklichkeit ist sie eine Urgestalt der Mythologie – eine Schwester der Undine, der schönen jungen Lilofee, der Nymphen und Nixen, die durch die deutsche Sagenwelt geistern. Aber auch mit den Sirenen ist sie verwandt, die den griechischen Helden Odysseus auf seinen Irrfahrten um den Verstand zu bringen versuchten. – Das Motiv einer schönen blonden Frau, die mit ihrem Gesang die Männer ins Unglück stürzt, hat fast etwas Frauenfeindliches, unterstellt es doch einer anziehenden und dazu noch musikalischen Weibsperson grundsätzlich Männer mordende Absichten. Es bescheinigt allerdings auch den Männern eine genetisch bedingte Hilflosigkeit gegenüber solchen erotischen Gefahren. Und dazu bestätigt es die seit der Zeit der deutschen Romantik vorbereitete Verklärung der blonden und blauäugigen Schönheit, die später als Rollenmodel für den arischen Rassenwahn galt. – Es passte also ins Bild, ihr ein reales Denkmal zu setzen, aber trotzdem vehement vor ihren verheerenden und Verderben bringenden Kräften zu warnen. Doch nicht die „Ballade von der Zauberin", die ihr Clemens Brentano 1799 sozusagen auf den Leib schrieb, ist Anlass gewesen für ihren schlechten Ruf. Auch nicht eine von Nikolaus Vogt als angebliche Volkssage niedergeschriebene Schauerstory. Bis heute ist sie jedenfalls auf einen gefährlichen Felsen bei St. Goar verbannt und – wie einst die Schiffer – bringt sie die Touristen auf den Rheinschiffen mit dem Kämmen ihres güldenen Haars und ihren sehnsüchtigen Liedern um den Verstand, indem sie sie in den Strudel der Emotionen zieht.

Und das verursacht sie mit jenem verführerischen Gesang, den ihr der Dichter Heinrich Heine 1823 in einem „Märchen aus uralten Zeiten" nachsagte, und damit für die Popularität der singenden Rheinsirene sorgte – der sagenhaften LORELEI.

Versager oder Musterknabe?

Als junger Mann hatte Heinrich den Erziehungsroman „Emile" gelesen. Seither war der in Genf lebende Philosoph Jean-Jacques Rousseau mit seiner Vision, der Mensch sei von Natur aus gut, Heinrichs großes Vorbild. Kein Wunder, dass Heinrich seinem Sohn den Vornamen Jean-Jacques gibt. Doch „s'Jaköbli" – wie er genannt wird – bekommt nicht nur den Namen des Genfer Vorbilds. Der Vater sorgt auch für die angeblich so gesunde „natürliche" Erziehung seines Sohnes. Unglücklicherweise benutzt Heinrich alles, was Rousseau als „Visionen von der Erziehung" verstanden wissen will, als praktische Anweisung. Schon mit dem gerade Dreieinhalbjährigen macht er seine ersten Erziehungsexperimente. Wenig später wird s'Jaköbli unter anderem mit Latein und Orthographie geplagt, bis der hoffnungslos überforderte Sprössling Fieberanfälle bekommt und sich den väterlichen Erziehungspraktiken kränkelnd zu entziehen versucht. Als Heinrichs ebenfalls kränkelnder Bauernhof trotz seiner neuartigen landwirtschaftlichen Ideen keine ausreichenden Erträge bringt, kommt er unter den Hammer, und Heinrich gründet die Armenanstalt auf dem Neuhof. Dort lebt der kleine Jean-Jacques zwischen extremer Vernachlässigung und Überforderung. 1782 wird er in eine Gastfamilie und schließlich ins Internat abgeschoben. Heinrich ist inzwischen Schriftsteller geworden und widmet sich vorrangig der Erziehung fremder Kinder. Er bemüht sich um Hilfe für Kriegswaisen, gründet in Yverdon ein eigenes Institut, in dem er vorbildhafte Kindererziehung vorführt. Sein eigener Sohn ist allerdings schwer geschädigt durch Heinrichs Fehlinterpretation der Rousseauschen Ideen. Physisch und psychisch am Ende stirbt s'Jacöbli im Alter von 32 Jahren. – Heinrichs Erziehungsideale aber – die bildende Kraft der Arbeit und des Gemeinschaftslebens und die Vorbildfunktion der Familie – finden weltweit Beachtung. Seine Idee einer gleichmäßigen Ausbildung von Kopf, Herz und Hand macht ihn zur Symbolfigur für die fortschrittliche kindgerechte Erziehung.

Man sollte es kaum glauben: Doch bis heute gilt er als Vorreiter der modernen Kindererziehung und als fortschrittlicher Pädagoge. Denn der Mann, der als Vater so jämmerlich versagt hat, ist kein anderer als HEINRICH PESTALOZZI.

Eine eher liebevolle Bezeichnung   041

Wie es sich für einen jungen Mann der britischen *upper class* gehörte, bekam Robert Peel, Sohn eines reichen Fabrikbesitzers aus Lancashire, eine exzellente Ausbildung. Nach seinen Studien in Harrow und Oxford wurde er im Parlament mit gerade 21 Jahren der Wortführer des Landadels und der Geistlichkeit. Dennoch erwies er sich als ein maßvoller junger Mann mit viel Verständnis für andere Meinungen und auch für den politischen Gegner. Wohl wegen seines versöhnlichen Charakters wurde Robert Peel 1834 von King William IV. zum *Prime Minister* eines Minderheitenkabinetts ernannt. Doch trotz seines hohen Amtes in der großen Politik hat Robert Peel nie die unmittelbaren Bedürfnisse der kleinen Leute – beispielsweise der kleinen Beamten und der Ordnungshüter außer Acht gelassen. Während seiner Zeit als Innenminister zwischen 1822 und 1830 bemühte er sich vor allem um innenpolitische Reformen. Dabei kümmerte er sich auch um die Belange und Aufgaben der hauptstädtischen Sicherheitspolizei. Was er bei seinem Amtsantritt als Innenminister vorgefunden hatte, war ein Wirrwarr von Zuständigkeiten, unterschiedlichen Maßnahmen und Vorgehensweisen gewesen. Robert Peel ordnete Strafgesetzgebung und Gerichtsverfahren völlig neu und führte im Vereinigten Königreich eine längst fällige Verwaltungsreform durch. Seit dieser Reform im Jahr 1829 residiert das Polizeipräsidium in einem Gebäude des palastähnlichen, früheren Londoner Absteigequartiers der schottischen Könige am Scotland Yard. In dieser Zeit – und einzig wegen der Adresse – kam die merkwürdige Bezeichnung zustande, unter der man die Londoner Kriminalpolizei noch heute kennt. Der so genannte *Scotland Yard* hatte nämlich nie etwas mit einer schottischen Garde zu tun, sondern einfach den Namen des Quartiers übernommen. Auch die Rolle, die Sir Robert Peel dabei gespielt hat, wäre – wie es bei vielen anderen verdienstvollen Staatsmännern der Fall ist – längst in Vergessenheit geraten. Tatsache aber ist, dass sein Name auf eine ungewöhnliche Weise geehrt wurde.

Denn immer noch werden im Volksmund zwar nicht die Kriminalpolizisten, aber die Londoner Schutzmänner liebevoll mit dem pet name – also der Koseform – von Sir Peels Vornamen „Robert" bezeichnet. Und die ist bekanntlich Bob, und deshalb ist ein Londoner Polizist eben ein BOBBY.

55

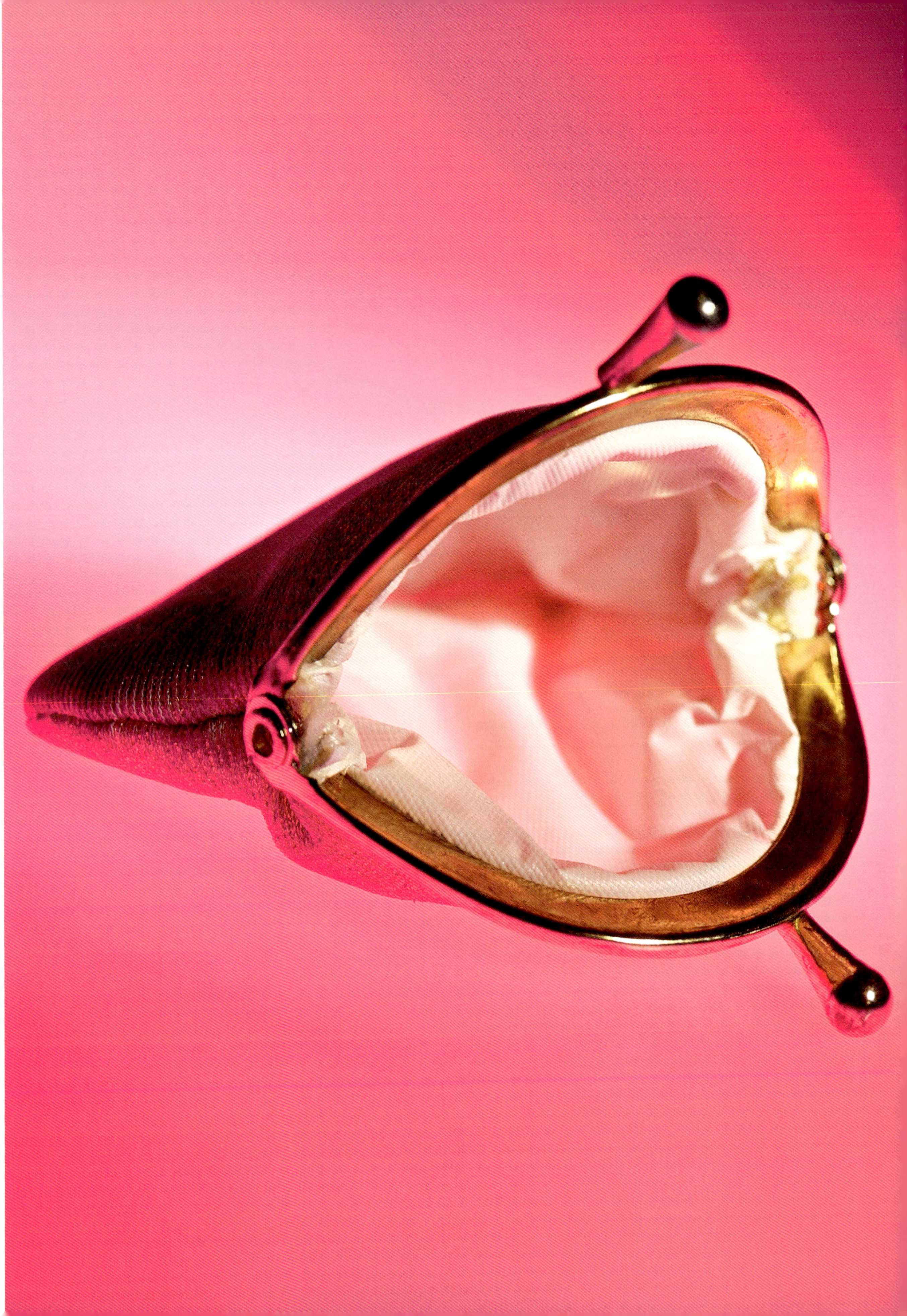

Lizenz zum Betteln

Man sollte es nicht für möglich halten, aber das tägliche Leben verlief oft auch in früheren Jahrhunderten sehr diszipliniert und geregelt. Mag sein, dass sich aus den unterschiedlichen Standeszugehörigkeiten gewisse, für Ordnung sorgende Reglementierungen ergaben. Selbst innerhalb einer Kategorie – also wenn beispielsweise die alten Rittersleut' unter ihresgleichen waren – wurden traditionell vorgeschriebene Verhaltensweisen eingehalten. Die Ritter mussten einander zunächst mal den Fehdehandschuh hinwerfen und dann ordnungsgemäß die Waffen, den Ort, die Zeit verabreden, bevor ein mörderisches Duell oder ein Turnier anberaumt wurde. Es wurde sogar häufig erst korrespondiert, wenn man jemandem den Krieg erklärte. Und das nicht nur unter Fürsten und Staatsführern, sondern auch unter Privatpersonen. Der Fehdebrief war eine übliche Form der Androhung irgendwelcher Gemeinheiten – es sei denn, der Gegner wäre bereit einzulenken, ein Stück Land freiwillig ab- oder zurückzugeben, oder eine andere Regelung der strittigen Angelegenheit anzubieten. Möglicherweise war das eine Art bürokratischer Verzögerungstaktik, damit die Streithähne erst mal ihr Mütchen kühlten, bevor sie sich zu nicht wieder gut zu machenden Dummheiten hinreißen ließen. – Besonders häufig wurde damals bei Streitigkeiten mit dem Niederbrennen des gegnerischen Hauses gedroht, weshalb verschiedene moderne Erklärungen eines bestimmten, noch heute gebräuchlichen Begriffs in diese Richtung gehen. Doch inzwischen ist eindeutig bewiesen, dass eine solche Deutung falsch war. Vielmehr war es bis ins 18. Jahrhundert üblich, sich eine kirchliche oder behördliche Bestätigung zu beschaffen, wenn man sein Hab und Gut durch Feuer verloren hatte. Für die Betroffenen galt das dann als Genehmigung zum Betteln und Spendensammeln. In diesem Fall hatten besser Gestellte sogar die Verpflichtung zu helfen. Arme Landstreicher und Studenten, die ihr Geld verprasst haben und sich Unterstützung erbetteln wollen, verwenden wohl deshalb noch heute gern die gängige Redewendung, sie seien „abgebrannt".

Damit beziehen sie sich, wahrscheinlich ohne es zu wissen, auf jene mittelalterliche Berechtigung zum Betteln nach einem Feuerschaden. Und auch ganz allgemein bezeichnen wir ein dringliches Bittgesuch oder ein dringliches Mahnschreiben – wie damals – als BRANDBRIEF.

043   Schlager, Gangster, Automaten

Es war die Zeit des wundervollen Irrsinns, als die Schallplattenindustrie ihre erste *boomtime* feierte. In den Jahren zwischen dem Waffenstillstand von 1919 und dem Börsenkrach von 1929 wurden in Deutschland jährlich bis zu 30 Millionen Platten hergestellt, in Amerika über 100 Millionen. Die Aktionäre von *Lindström* oder *His Master's Voice* kassierten Dividenden bis zu 60 Prozent, und die Singles mit neuen Songs hatten Auflagen von zehn Millionen. Und dann kam der Crash. 1935 war es kaum mehr der Rede wert, was die Plattenkonzerne weltweit umsetzten. Da kam eine Art Tingeltangel-Roboter auf, der langsam aber sicher den Konsum wieder ankurbelte. Aufbauend auf uralten chinesischen Erfindungen von Hand getriebenen Glockenspielen, automatischen Klavieren, Drehorgeln und Karussel-Orchestrions entwickelten ein schwedischer – und parallel dazu auch ein deutscher Amerika-Einwanderer – die automatische Musikspielmaschine zu einem gebrauchsfähigen Massenartikel. Gangster wie Al Capone waren die ersten, die eine Spürnase für das große Geschäft mit diesen Maschinen hatten. Vorübergehend kontrollierten die Gangsterbosse in Amerika das gesamte Automatengeschäft und lagen deshalb im ständigen Krieg mit dem FBI. Doch ist nicht zu leugnen, dass es ihnen gelang, in wenigen Jahren die Schallplattenindustrie wieder in die Höhe zu pushen: Um abkassieren zu können, betrieben sie die Verbreitung öffentlicher Münz-Musikautomaten und mischten in der Bestückung mit Plattenmaterial heftig mit. Ganz legal profitierte natürlich auch der deutschstämmige Hersteller, der sie 1932 in der bis heute bestehenden Form auf den Markt brachte, von diesen als „Groschengrab" oder „Nickelodeon" bezeichneten Kästen.

Die meisten Deutschen haben sie erst in der Nachkriegszeit kennen und lieben gelernt – die heute als nostalgisches Kultobjekt wieder entdeckte Erfindung ihres ehemaligen Landsmanns Rudolf Wurlitzer: den guten alten Musikautomaten, genannt JUKEBOX.

Das musste ja ins Auge gehen

In unserer Vorstellung haben sie immer ein Holzbein und einen Papagei. Und auf ihren Raubzügen auf See erbeuten sie Truhen voller Dublonen oder Pesos, was mit viel Rum gefeiert wird. In Wirklichkeit bestand die Beute der Piraten meist aus ein paar Ballen Seide und Baumwolle, einigen Fässern Tabak, Ankertrossen, Ersatzsegeln und einer Handvoll schwarzer Sklaven. Auch eine der wichtigsten Requisiten, die Landkarte, auf der ein Kreuz die Stelle markiert, an der ein Schatz vergraben liegt, ist pure Erfindung. Sie verdankt ihre Popularität wohl Robert Louis Stevensons Abenteuerroman „Die Schatzinsel". Papageien und Holzbeine waren jedoch keine Erfindung. Papageien waren ein beliebtes Mitbringsel aus den tropischen Ländern. Sie waren schön bunt, lernten sprechen und dienten an Bord eines Schiffes zur allgemeinen Erheiterung, da die Seeleute sonst wenig zu lachen hatten. Bei schwerem Wetter waren bei der Arbeit an Deck Arme und Beine stets in Gefahr, gequetscht und zermalmt zu werden. Die Behandlung war kurz, aber alles andere als schmerzlos: Der Schiffszimmermann holte seine Säge, erhitzte zum Ausbrennen der Wunde sein Breitbeil und versengte das Ende des Stumpfes. Daher also stammt das Holzbein. Dann gab es aber auch noch die bei Gefechten mit Handelsschiffen unvermeidlichen Schussverletzungen. Eines der bei keinem Piratenkostüm fehlenden Utensilien ist aber nicht darauf zurückzuführen. Vielmehr mussten die Seeräuber – wie alle anderen Seeleute auch – täglich ihre Position bestimmen. Jahrhunderte lang wurde die Ortsbestimmung auf den Ozeanen mit Hilfe der Gestirne vorgenommen. Mit dem so genannten Jakobsstab wurde der Winkel zwischen Horizont und Gestirn gemessen. Das war meistens die Sonne, so dass man direkt ins gleißend helle Licht schauen musste. Durch die minimal getönte Scheibe am Visiergerät war das Auge dabei kaum geschützt. Und Piraten waren wohl härter im Nehmen als die normalen Seeleute.

Daher sind offenbar viele Seeräuber durch die tägliche Navigation auf einem Auge blind geworden. Und neben dem Holzbein als besonderem Kennzeichen ist ein anderes Merkmal fast ebenso typisch: nämlich die schwarze Augenklappe der Piraten.

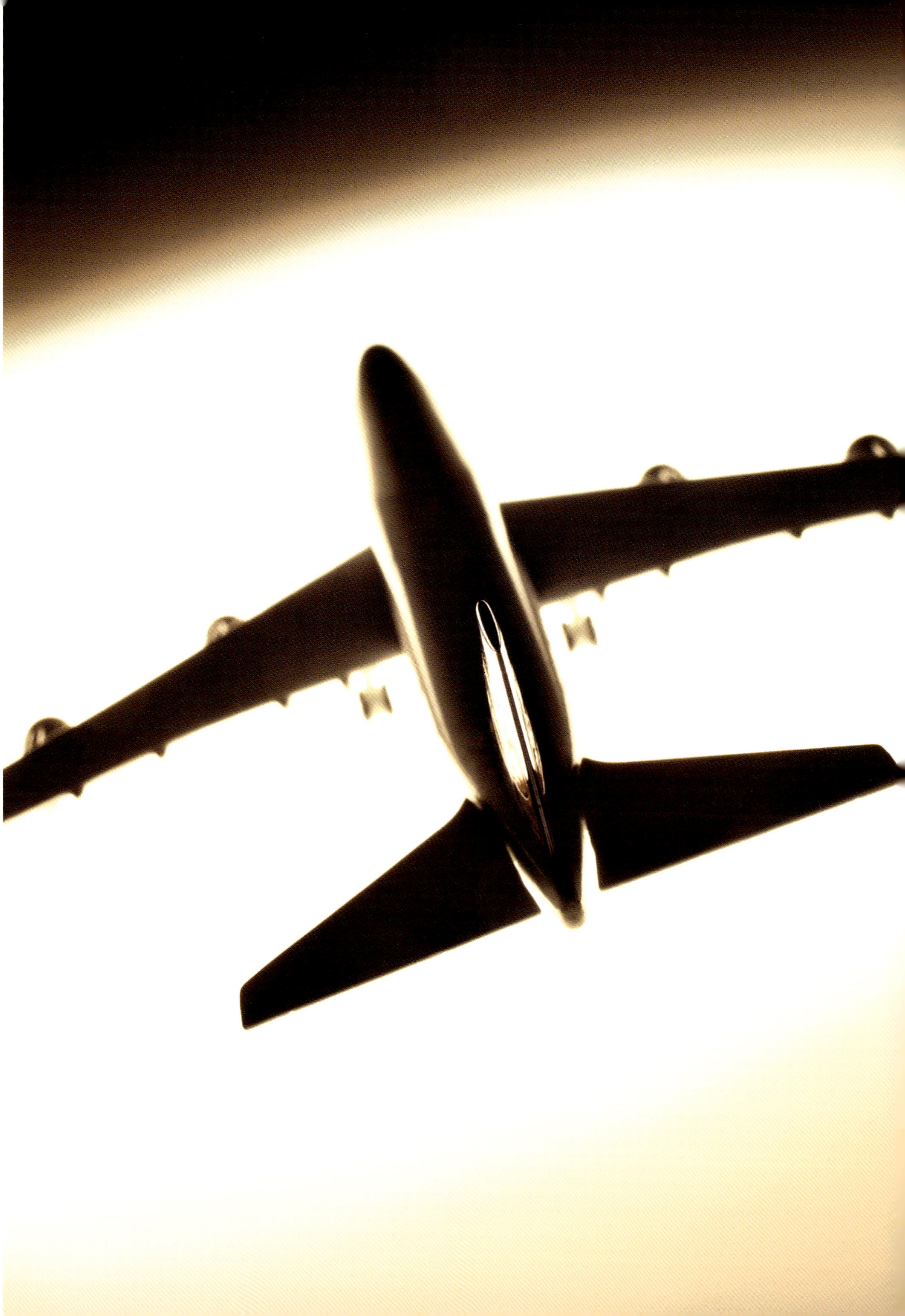

Ziemlich paradox

Fred ist einer der großen kreativen Denker des vergangenen Jahrhunderts, und doch kennt man seinen Namen fast nur in Fachkreisen. Die Verfilmungen seiner Science-Fiction-Romane machten genauso Furore wie seine oft provokanten Aussprüche und Wortprägungen, denn der „Jumbo-Jet der Kosmologie" – wie er wegen eines berühmten, von ihm aufgestellten Vergleichs gern genannt wird – war durchaus kein still in seinem Studierkämmerchen vor sich hin brütender Wissenschaftler. Er wandte sich gern an die Öffentlichkeit. Vor allem, wenn es darum ging, mit weit verbreiteten Irrtümern aufzuräumen. So auch mit der von seinen wissenschaftlichen Kollegen aufgestellten Behauptung, aus irgendwelchen Chemikalien der frühen Erde sei einmal zufällig ein erstes Bakterium entstanden. Die Chance dafür – so Fred – sei ebenso unwahrscheinlich wie die Möglichkeit, dass ein Hurrikan „aus den ausgebreiteten Einzelteilen eines Flugzeugs einen Jumbo-Jet zusammensetzen würde". Diesem Ausspruch verdankte der 1915 in England geborene und erst kürzlich verstorbene Mathematiker und Astrophysiker dann seinen Beinamen. – Eine seiner Theorien, die zur Zeit bei der NASA intensiven Überprüfungen unterzogen wird, galt immer als besonders waghalsig, da mit ihr sämtliche, im vorigen Jahrhundert gültigen Ansichten von der schlagartigen Entstehung des Weltalls über den Haufen geworfen wurden. Er behauptete nämlich, dass es die berühmte explosive kosmische Zufallskonstellation gar nicht gegeben hat und wischte mit seiner These vom *„Steady State"* des sich schon immer ausdehnenden und zusammenziehenden Universums, jene Jahrzehnte lang fest etablierte Hypothese der großen Ur-Explosion einfach vom Tisch. Paradoxerweise war es ausgerechnet jener ablehnende Beitrag, mit dem Fred – der berühmte Astrophysiker Sir Fred Hoyle – dem Ding, das er bezweifelte, überhaupt erst den Namen gab.

Indem er jenes Phänomen bestritt und sich auf seine Art darüber lustig machte, prägte er den bis heute gebräuchlichen Begriff, der weltweit zum Synonym wurde. Im Deutschen wird er als „Urknall" bezeichnet – jener nach wie vor umstrittene BIG BANG.

046 KEINE FLEISCHVERSCHWENDUNG

Während die Menschen im dicht bevölkerten Europa aufgrund von Missernten hungerten und Fleisch nahezu unerschwinglich war, wurden in Südamerika Unmengen von Rindern nur wegen ihrer Häute und einiger ausgesuchter Fleischstücke geschlachtet. Den Rest warf man ins Feuer. Von dieser Verschwendung hörte auch ein bekannter Chemiker, der im Oktober 1852 an die Universität nach München berufen worden war. Doch bevor er sich dem Problem der südamerikanischen Fleischverschwendung zuwenden konnte, musste sich der als Koryphäe auf dem Gebiet der Agrikultur-Chemie geltende Gelehrte auf Wunsch des bayerischen Königs mit Ackerbau und Viehzucht in Bayern beschäftigen. Die Missernten in den vierziger Jahren des 19. Jahrhunderts hatten das Volk wütend gemacht, und die Drohung „Brot oder Revolution" war allerorts zu hören. Der neue König hatte den weltberühmten Wissenschaftler nach München geholt, weil er hoffte, er wäre in der Lage, die Ertragskraft der bayerischen Landwirtschaft zu steigern. Obwohl sich die Bauern über den Vorschlag, die Äcker mit Mineralstoffen zu düngen, zuerst lustig machten, erwies sich diese Methode als richtig und erfolgreich. – Genauso erfolgreich war dann die Idee des Chemieprofessors, der Fleischverschwendung in Südamerika ein Ende zu setzen und in ein nutzbringendes Geschäft zu verwandeln. Anstatt das dort angeblich nicht verwertbare Rindfleisch zu verbrennen, ließ er es zu Brei verarbeiten, kochen und sieden. Eine Tonne Fleisch ergab 25 Kilogramm dickflüssigen, dunkelbraunen Extrakt. Der wurde einfach in Büchsen abgefüllt und nach Europa verschickt. Noch heute werden Soßen und Suppen mit dem hochwertigen Produkt des Chemikers verfeinert.

Lange vor BSE und Tiefkühlkost hatte also ein Deutscher die Brauchbarkeit südamerikanischen Rindfleischs für die Europäer erkannt und genutzt: der Chemiker Justus von Liebig, der Erfinder von LIEBIG'S FLEISCHEXTRAKT.

Olympische Disziplin

Unter Geschäftsleuten ist es heute wie früher gang und gäbe, dass man versucht, sich gegenüber seinen Konkurrenten besondere Vorteile zu verschaffen, und es gilt keineswegs als ehrenrührig, einen lästigen Mitbewerber auf die eine oder andere Weise auszustechen. Die zu diesem Zweck üblichen Praktiken reichen von der Werksspionage bis hin zur Verleumdung. Selbst der Versuch, den anderen unter falschen Vorspiegelungen daran zu hindern, die aktuelle Lage richtig einzuschätzen, ist nicht strafbar. Ein derartiger Kunstgriff scheint lange Zeit auch beim Fechten erlaubt gewesen zu sein, indem die Gegner versuchten, sich gegenseitig auf ziemlich rüde Weise die Sicht zu verderben. Diese alte Praxis im Fechtsport ist aber wohl ein Rückgriff auf noch ältere Kniffe in anderen Sportarten. Das von Antoine Furetière im Jahr 1701 herausgebrachte „Dictionnaire de la langue française" beschreibt jedenfalls als Ursprung solcher Vorteilsnahme bei Wettbewerben oder Konkurrenzkämpfen eine andere Variante. Er greift dabei zurück auf einen Text des römischen Schreibers Gelius, der um 130 nach Christus lebte. Darin ist die Rede von unschönen Handlungen beim allgemeinen Kräftemessen junger Männer, beispielsweise durch „pulverum ob oculos asperge", das heißt durch Staubaufwirbeln. Auf diese gemeine Weise versuchten demnach selbst bei den Olympischen Spielen des Altertums die vordersten Läufer ihre Verfolger zu benachteiligen. Was immer der wirkliche Ursprung des Ganzen gewesen sein mag: Noch heute gibt es eine Redewendung, mit der angedeutet wird, dass ein Konkurrent den anderen hindert, einen wahren Sachverhalt zu erkennen, die offenbar mit dem Staubaufwirbeln der Olympioniken zu tun hat.

Wenn nämlich jemand einen anderen zu täuschen versucht, indem er ihm eigennützig die wahren Tatsachen verschleiert, dann sagen wir:
ER STREUT IHM SAND IN DIE AUGEN.

048 BRAUNE LÄNGLICHE ROHRE

Christoph Columbus berichtete, dass er auf einer der Karibikinseln äußerst freundlichen Eingeborenen begegnete, an denen nur eines recht befremdlich war: Sie hatten ständig braune längliche Rohre im Mund, die an einem Ende qualmten. Diese friedlichen Erfinder eines der größten Laster der Menschheit entwickelten einige Jahrhunderte nach ihrer Berührung mit den Europäern – aber schon lange vor dem Auftauchen des *Maximo Leader* Fidel Castro – ein gewisses revolutionäres Potenzial. Und das hing ursächlich mit dem Tabak zusammen. Zu Beginn des 19. Jahrhunderts waren die kleinen Werkstätten und Kooperativen, in denen bisher die Zigarren hergestellt worden waren, wegen der wachsenden Nachfrage nach dem Sucht machenden Nikotin total überfordert. Daher entstanden bald die ersten Tabakmanufakturen, und um 1830 hatte sich durch die nun massenhaft in den Fabriken arbeitenden Zigarrenwickler eine aufmüpfige Arbeiterklasse entwickelt. Da auch in den Manufakturen fast alle Arbeitsgänge der Zigarrenherstellung aus geschickter und gewissenhafter Handarbeit bestanden, waren sich die Arbeiter ihres Wertes bewusst und zeigten Interesse an neuen sozialistischen Ideen. Es blieb ihnen aber neben der Fabrikarbeit wenig Zeit zum Lesen und Lernen, deshalb trotzten sie den Fabrikbesitzern eine revolutionäre Neuerung ab: „Vorleser", die sie selber bezahlten, um während der Arbeit ihren Bildungshunger zu befriedigen. Während sie Deckblätter sortierten, Einlagen schnitten, die „Puppe" oder den „Wickel" herstellten, ließen sich die Arbeiter nicht nur Zeitungsartikel und anarchische Texte aus Europa vorlesen, sondern auch neue Romane. Besonders angetan hatte es ihnen ein bestimmter Roman, dessen Hauptfigur ungerechterweise jahrelange grausame Kerkerhaft erdulden musste. Und man kann mit Fug und Recht behaupten, dass sie sich für ihren bedauernswerten Romanhelden sehr erfolgreich eingesetzt haben.

Zigarren tragen üblicherweise den Namen des Herstellers oder der Anbauregion. Aber es gibt eine, die nach jenem geheimnisumwobenen Grafen aus dem Roman von Alexandre Dumas benannt worden ist, der es den Arbeitern so angetan hatte – die unverwechselbare MONTE CRISTO.

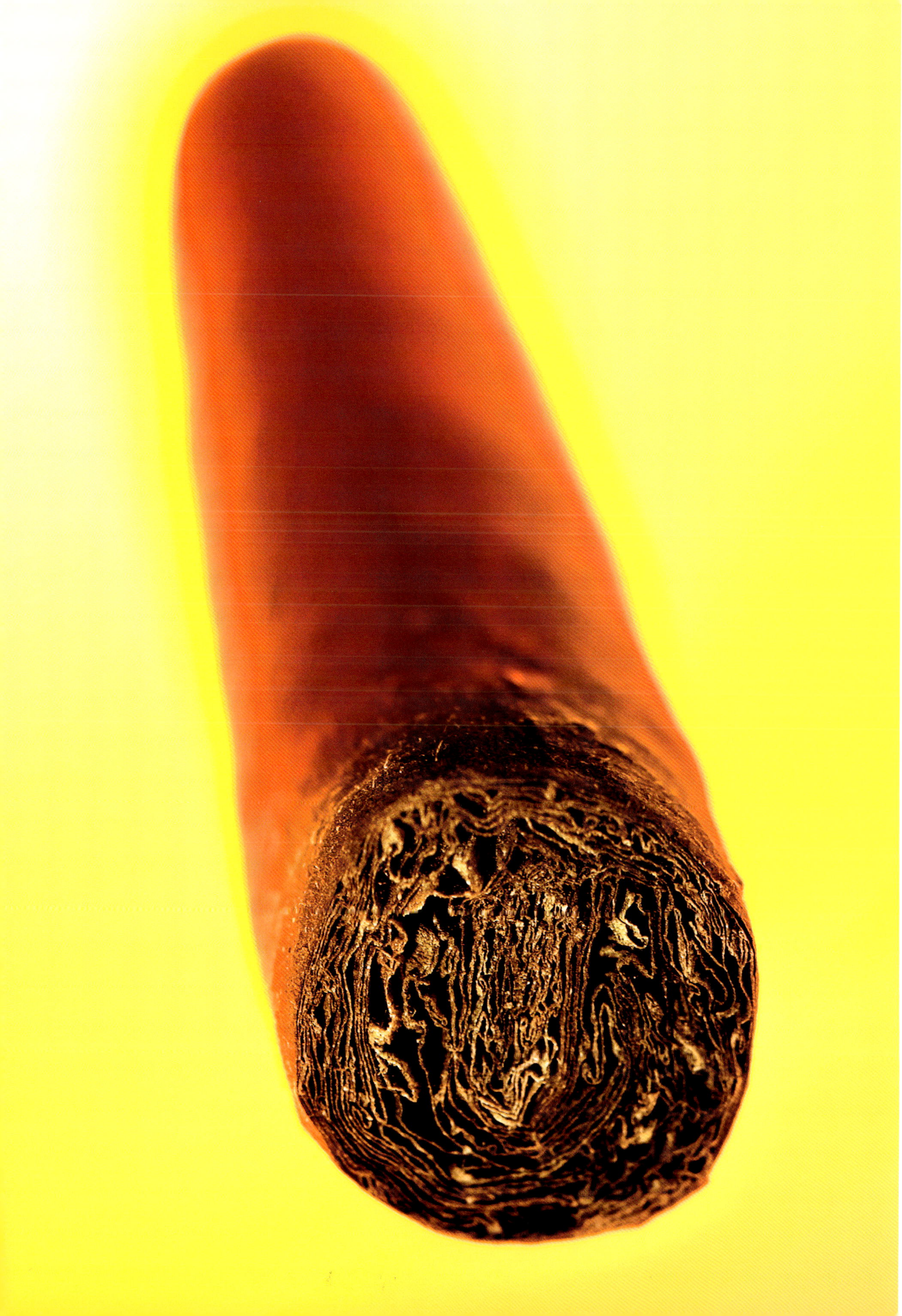

049 Mythos aus Fleisch und Blut

Vor mehr als 100 Jahren galt ein Mann namens Ned Buntline als absoluter Bestseller-Autor. Seine Abenteuerromane und Fortsetzungsserien im *„New York Weekly"* begeisterten die Leser ganz besonders. Er behauptete nämlich, seine Protagonisten wären lebenden Vorbildern nachempfunden, die er alle persönlich gekannt hätte. In Wirklichkeit saugte er sich alles, was seine viel bewunderten Helden im Wilden Westen erlebten, buchstäblich aus den Fingern. 1872 wurde aus seinem erfolgreichen Fortsetzungsroman *„The Greatest Romance of the Age"* ein Bühnenstück gemacht und in New York aufgeführt. Dazu wurde dem Publikum nach der Vorstellung der Held in Fleisch und Blut präsentiert. Buntline hatte diesen William, seinen *King of the Border Men*, tatsächlich bei einer seiner sporadischen Feldforschungen als Scout einer Pawnee-Kompanie im Fort McPershon in Nebraska kennen gelernt. William war ein stattlicher junger Mann und ritt ein Pferd namens *Powder Face*. Ansonsten hatte er mit Buntlines Romanhelden aber nicht viel gemein. Dennoch sollte dieser William in den folgenden Jahrzehnten zur Inkarnation des draufgängerischen Wildwesthelden werden. Es begann damit, dass ihn Buntline zum Hauptdarsteller seines neuesten Bühnenspektakels machte. Dabei entdeckte William sein Showtalent und legte sich eine Vita als unbesiegbarer Westernheld zu. Er trat in Europa und Japan auf, und alle Welt glaubte, er hätte all das, was er auf seinen Tourneen vorführte, selber erlebt. Dieser Mythos wurde später zum Inhalt unzähliger Cowboy- und Wildwestfilme, wobei die Traumfabrik noch einiges an Unwahrscheinlichkeiten beisteuerte. Am Ende hatte William völlig vergessen, dass er nur ein einfacher Armeekundschafter gewesen war, und niemals als Cowboy und Revolverheld die Prärie erobert, geschweige denn in nur 17 Monaten 4.200 Büffel erlegt hatte.

Ned Buntlines Fantasiefigur war ihm so sehr in Fleisch und Blut übergegangen, dass er glaubte, all seine Filmabenteuer selber erlebt zu haben. Den Showstar William F. Cody gab es nicht mehr, sondern nur noch den glorreichen Helden der Prärie: BUFFALO BILL.

Wirklich keine Lachnummer   050

Mitte des 19. Jahrhunderts ging man in bestimmten Kreisen Englands gern auf so genannte Schnüffelparties. Zwei-, dreimal tief durchatmen – und es kribbelte in Armen und Beinen, und man fühlte sich leicht und euphorisch. Allerdings geriet die lustige Schnüffelpraxis bald in Misskredit. Durch unsauberen „Stoff" und überhöhte Dosierungen landeten viele Partygäste im Krankenhaus. Bei fahrlässigem Umgang mit der Droge bestand sogar Lebensgefahr. Als dann noch Fälle von verbrecherischem Missbrauch bekannt wurden, stellte die britische Obrigkeit die Verwendung des Rauschmittels allgemein unter Strafe, und es geriet allmählich in Vergessenheit. In Amerika allerdings fand man es nach wie vor zum Totlachen komisch, wenn die Schnüffler anfingen – je nach Temperament – zu tanzen, zu singen, zu lachen oder zu streiten. Eines Tages beobachtete Horace Wells, ein Zahnarzt, auf einer solchen Party, dass ein junger Mann fröhlich weitertanzte, obwohl er sich bei seinen Verrenkungen verletzt hatte und am Schienbein stark blutete. Nachdem der Tänzer wieder bei Sinnen war, versicherte er, keinerlei Schmerz verspürt zu haben. Wells wollte das genau wissen. Er schnüffelte selbst an der Partydroge und ließ sich dann einen Backenzahn ziehen. Zum fassungslosen Erstaunen einiger Zuschauer hielt Wells während der Prozedur vollkommen still. Doch als er das Experiment an der Chirurgischen Fakultät der *Harvard University* demonstrieren wollte, brüllte der Patient laut und bäumte sich auf. Das entsetzte Auditorium überhäufte Horace Wells mit Spott und Schmähungen und erklärte ihn zum Scharlatan. Den anwesenden Professoren schien wieder einmal die These über die Unvermeidbarkeit des Operationsschmerzes bewiesen. Wells konnte seine Enttäuschung über das misslungene Experiment nicht verkraften. Er öffnete sich unter leichter Betäubung die Schlagader des linken Oberschenkels und starb am 24. Januar 1848. Später stellte sich heraus, dass das Rauschmittel sehr wohl zu den Segnungen der Menschheit gehört. Der Proband in Harvard hatte wohl eine zu geringe Dosis des betäubenden Gases eingeatmet.

Horace Wells hätte sich also keineswegs das Leben nehmen müssen. Bis in unsere Tage wird bei bestimmten Operationen das von ihm als Narkosemittel identifizierte Stickoxydul zum Wohle des Patienten wirksam und einschläfernd angewendet: das LACHGAS.

051 Verunglimpfte Vorzimmerdame

Aus dem teilweise erstaunlich heldenhafte Verhalten unserer antiken Vorfahren hätten wir einiges lernen können. Nicht zuletzt, dass man oft das Gute will, aber zu diesem Zweck häufig mit dem Bösen kämpfen muss. Ganz generell hatte man damals wie heute die Entscheidung zu fällen, ob man – natürlich auch Frau – als Herr oder als Diener durchs Leben gehen wollte. Beides kann gleich heldenmütig sein, aber immerhin haben die Machtsüchtigen mehr Anlass und Gründe, ihre Heldenhaftigkeit unter Beweis zu stellen. – Einen gab es, der gar nicht genug kriegen konnte davon. Nach schweren, aber siegreichen Kämpfen mit wahren Giganten musste der junge Halbgott – um der eigentlich nur den Vollgöttern zustehenden Unsterblichkeit teilhaftig zu werden – diverse Aufgaben zum Nutzen der Menschen vollbringen. Wobei er immer wieder riskierte, schon vorzeitig Tod und Verdammnis zu erleiden. Deshalb ging er logischerweise recht rabiat vor. Er machte sich immer wieder neue Feinde unter den Göttern, so dass er eigentlich gar kein Privatleben hatte, sondern immer nur kämpfen musste. Und daher nahm er aufgrund eines göttlichen Versprechens, dass er hinterher endlich leben könnte, wie er wollte, erstmalig eine nicht dem Wohl der Sterblichen dienende Aufgabe an. – Es war ein Ort des Grauens, den er aufsuchen musste, und es gab eigentlich keine Wiederkehr. Die Tat war so gefährlich wie unsinnig, denn er musste ein grässliches, dreiköpfiges Ungeheuer zunächst aus der Unterwelt ans Tageslicht holen. Aber nur, um es danach wieder zurückzubringen, damit es weiterhin als Türhüter des Hades, das heißt, der unterirdischen Schattenwelt zur Stelle war. Dieser unangenehme Türhüter, den einst der griechische Superheld Herakles außer Gefecht gesetzt hat, ist auch heute noch in verschiedenen Varianten präsent. Und sein Name ist zu einem recht gebräuchlichen Schimpfwort geworden.

Wenn einem beispielsweise die Vorzimmerdame des Chefs den Zutritt in sein Büro verweigert, dann vergleicht man sie gern mit jenem Schrecken und Furcht erregenden dreiköpfigen Höllenhund am Eingang zur Unterwelt und sagt, sie sei ein ZERBERUS.

Der friedfertige Revoluzzer

Er stammte aus einer vornehmen Hindufamilie, und seine Mutter gab ihm den klangvollen Namen Mohandas. In jungen Jahren verhielt er sich ganz so, wie es seinem Stand entsprach. Das hieß im Indien der zweiten Hälfte des 19. Jahrhunderts: Er studierte im Ausland, kam zurück in die Heimat und übte dort einige Jahre seinen höchst angesehenen Beruf aus. Verschiedene philosophische und religiöse Einflüsse – vor allem aber die indische Idee des Nichtverletzens – ließen ihn allmählich zu einer ganz besonderen Art von Revolutionär werden. Wegen seiner Vorbildhaftigkeit und seinem ungebrochenen Widerstands gegen die Herrschenden landete er zwar immer wieder hinter Gittern, aber er bewirkte dennoch Weltbewegendes. Auch und gerade im politischen Bereich. Er war eine Persönlichkeit von tiefer Religiosität und Integrität und wurde bald von einem Großteil seiner Landsleute hoch verehrt. Seine Autobiographie nannte er „Die Geschichte meiner Experimente mit der Wahrheit". Beim Schreiben wurde ihm schmerzlich bewusst, wie fremd es den indischen Menschen war, sich mit sich selbst zu befassen. Die traditionelle indische Literatur hatte sich bis dahin fast ausschließlich für die auf Erden wandelnden Götter interessiert. Zwar hatte der Dichter Rabindranath Tagore 1912 in seinen „Erinnerungen" schon eine Art Selbstdarstellung versucht. Sein Anliegen war – wie er selber schrieb – den Gefährten ein wenig „Stoff zum Nachdenken zu geben". Aber Tagores romantischer Individualismus war Mohandas völlig fremd. Und Tagore war wohl auch keiner seiner Millionen Gefährten im gewaltlosen Kampf um die Unabhängigkeit. Immerhin war es Rabindranath Tagore, der dem sanften Revoluzzer den Namen gab, unter dem Mohandas in aller Welt bekannt geworden ist. Der Dichter bezeichnete ihn als „große Seele".

Kaum einer kennt ihn als Mohandas, sondern die Bezeichnung „große Seele", auf Hindi „Ma'hatma", – ist quasi zum Vornamen des charismatischen Befreiers der Inder geworden, der noch heute wie ein Heiliger verehrt wird: MAHATMA GANDHI.

053 Etwas von der Rolle

280 Seiten hat ein bei *Penguin Modern Classics* als Taschenbuch vorliegender englischsprachiger Roman. Das sind 280 mal 14 Zentimeter Schriftzeilen, die aneinandergelegt nicht ganz 40 Meter ergeben. Ein Bestseller, der seit Ende der Fünfzigerjahre fast 3,5 Millionen mal in aller Welt verkauft wurde. Ein Longseller sogar, der bei uns noch immer jährlich einige tausendmal verkauft wird. – Der 35-jährige Abkömmling eines Franco-Kanadiers und einer Mohawk-Indianerin, 1922 in Massachusetts geboren, bei den Jesuiten zur Schule gegangen und mit siebzehn zum „lonesome traveller" à la Jack London geworden, hatte sich für seine Handlung exakt *die* Schauplätze ausgesucht, die dem damaligen Zeitgeist entsprachen. Das andere Amerika zu entdecken. Sich jenseits der Erfahrungsbereiche früherer Generationen eigene Erlebnisse zu suchen. Alles, was das Bewusstsein erweitert, am eigenen Leib auszuprobieren. Das war damals Sujet verschiedener US-Autoren von Walt Whitman, über William Saroyan bis hin zu Ernest Hemingway. Sie alle zählen – wie auch jener Autor jenes *Penguin* book zur so genannten *Beat-Generation*. Die renommierte New York Times überschlug sich fast vor Begeisterung wegen der Übereinstimmung der Lebenssituation dieses Autors mit seiner Romanfigur. Wie diese zieht auch er auf der Flucht vor festen Bindungen und gegen die Spießergesellschaft protestierend durchs Land – einzig der Intensität des Lebens auf der Spur. Und um immer wieder seine Kicks zu erleben; Momente der Ekstase, nicht selten hervorgerufen durch Sex und Alkohol. – Sein wildes Leben hat der als Sprachrohr der amerikanischen Nachkriegsgeneration geltende Autor mit einem frühen Tod bezahlt. Doch erst 32 Jahre danach ist ein einmaliges Unikat seines Schaffens ins Rampenlicht gerückt: Die *New York Library* hat wegen finanzieller Engpässe das berühmteste Manuskript jenes Autors öffentlich zur Versteigerung angeboten. Es ist einzigartig, denn es besteht nicht – wie üblich – aus einzelnen Blättern. Weil sein ständiges Unterwegssein Inhalt jenes legendären Werkes war, hatte der Autor dafür eine 36 Meter lange Schriftrolle in die Schreibmaschine eingespannt.

Quasi als Symbol für das Band der Landstraße hat er darauf das Leben beschrieben, wie es sich ihm „On the Road" – also unterwegs darstellte. Und er wurde zum Credo der Beat-Generation – der 1957 erschienene Roman des späteren amerikanischen Kultautors JACK KEROUAC.

Fast alles mit System

Eigentlich, so behauptet Ingvar aus Agunnaryd, hätte er sich nur seinen Kindertraum vom Kaufmannsladen verwirklicht. Schon als Fünfjähriger hat er mit Streichhölzern gehandelt, mit siebzehn ein Darlehen aufgenommen, um Füllfederhalter aus Paris einzuführen, und bald darauf Pläne für neuartige Vertriebssysteme ausgetüftelt. Aber da hatte er schon seine eigene Firma gegründet. Gleich zu Anfang hatte er so etwas wie eine eigene Verkaufsphilosophie entwickelt und dann schnell die Branche gefunden, in der er sie innovativ anwenden wollte. Wohl wegen seiner ländlichen Herkunft waren es natürliche Materialien, die ihm mehr lagen als künstliche, und familiäre Strukturen, die er eher favorisierte, als hierarchische: Alle sollten am gleichen Strang ziehen. Doch der Übergang vom Familienbetrieb zum Großunternehmen wurde Ingvar fast zum Verhängnis. Es ist schwierig die Mitarbeiter wie Kinder, Geschwister, Verwandte zu behandeln, wenn eines Tages die „Familienangehörigen" in die zig Tausend gehen. Doch Ingvar blieb dabei. Auch die Kunden wurden persönlich angesprochen und in die *„Family"* eingegliedert. Eine Verkaufe, die Aufsehen erregte: Die Dinge bekamen Namen von Menschen. Was verkauft wurde, sollte nicht nur von Nutzen sein, sondern einen bestimmten „Geist" ausstrahlen. Und genau das war es, was ankam. Es brachte Jahresumsätze in astronomischer Milliardenhöhe. Vielleicht war es die Idee, einem Tisch die Beine auszureißen, sie unter die Tischplatte zu legen und das Ganze als flaches Paket zu versenden, die als Vertriebstechnik so visionär war. Vielleicht lag es an der Familienidee, das der Firmengründer zum Monopolisten wurde. Der Firmenname, den sich Ingvar schon als kleiner Steppke am Küchentisch des Großvaters zusammen gestoppelt hatte, begleitet sein immer größer werdendes Imperium bis heute.

Der Name hört sich an wie ein ausgeklügeltes Erfolgs-Logo. Aber er besteht ganz simpel aus den Anfangsbuchstaben seines Namens und seiner Heimatadresse: I für Ingvar, K für seinen Nachnamen Kamprad, E für die Straße Elmtaryd und A für Agunnaryd – kurz und bündig IKEA.

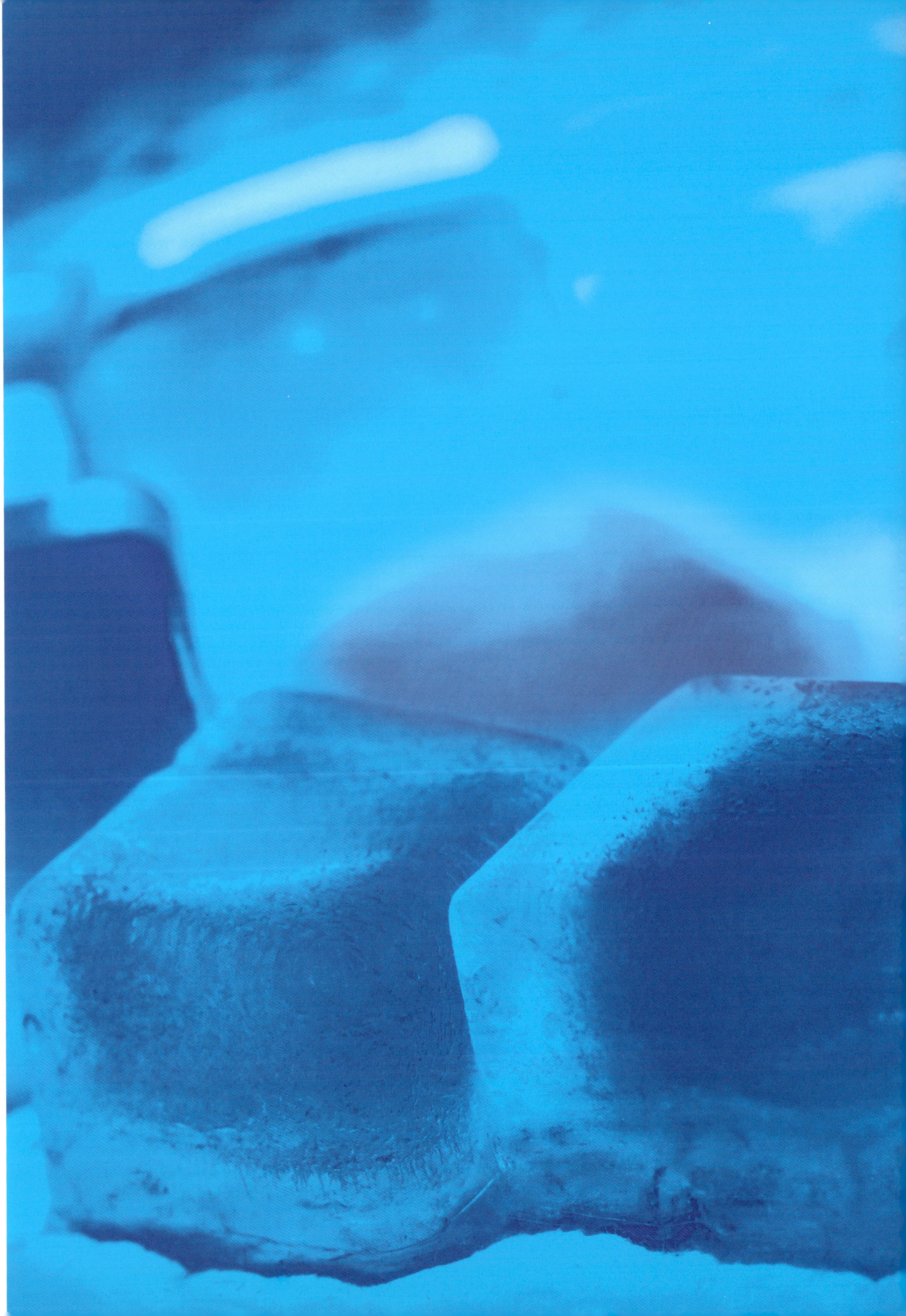

Ein wahrer Bruder

055

Nicht nur von Robin Hood, auch von manch anderem Räuberhäuptling wird berichtet, dass er den Armen gab, was er den Reichen weggenommen hatte. Solche Männer verfolgten ihre eigene Art der Gerechtigkeit, und sie wurden vor allem wegen dieser Anmaßung verfolgt. Und oft auch hingerichtet. Im norddeutschen Raum hat es einige dieser Sagen umwobenen Rächer der Enterbten gegeben. Meist kamen sie aus dem einfachen Volk, aber immer waren sie Rebellen und Aufrührer, die der Obrigkeit trotzten. So auch Klaus, ein Bauernsohn von der Insel Rügen. Diesem jungen Draufgänger wurde große Körperkraft nachgesagt, aber auch ein Herz auf dem rechten Fleck, denn er gab reichlich ab von dem, was er bei seinen Raubzügen erbeutete. Er hatte wohl auch einen wachen Kopf, denn ihm gelangen einige listige Streiche, die ihn und seine Brüder im Geiste in der ganzen Region berühmt und berüchtigt machten. Oft handelte es sich um Überfälle auf Schiffe, aber manchmal heuerten sie auch zu bezahlten Hilfsdiensten an. Einmal sollten sie das von den Dänen bedrängte Stockholm mit Schiffsladungen von Vitalien – also Nahrungsmitteln – versorgen, aber ihre Schiffe blieben im Eis stecken. Die Dänen belagerten sie, und es war klar, dass sie die Schiffe stürmen würden. Da verfiel Klaus auf eine List: Er ließ in der Nacht das Eis nahe der Bordwände aufschlagen, und die am Morgen anstürmenden Dänen brachen durch die dünne Eisdecke ein und ertranken zu Hunderten. Viel Feind, viel Ehr, viel Neider! Schließlich wurden Klaus und zehn seiner besten Männer gefangen genommen und zum Tode verurteilt. Selbst bei der Hinrichtung soll sich Klaus noch als Retter seiner Kumpanen erwiesen haben: Er bat sich aus, dass die Männer in einer Reihe aufgestellt wurden, und falls er nach seiner Enthauptung noch an einigen vorbeilaufen würde, sollte denen das Leben geschenkt werden. Auf der Insel Rügen inmitten der Stubnitz, wo die Hinrichtung stattfand, wurden später nur die Gebeine von zwei Leichnamen gefunden.

Man mag es für eine Legende halten, aber vieles spricht dafür, dass er – wie Augenzeugen berichteten – an neun seiner Vitalienbrüder kopflos vorbeimarschiert ist und sie vor dem Tod gerettet hat: der berühmt-berüchtigte Seeräuber KLAUS STÖRTEBEKER.

056   Dealen und Bluffen

Die vier Männer hatten undurchdringliche Gesichter. Sie saßen rund um den Tisch. Hin und wieder bewegte sich eine Hand zur Tischmitte. Irgendwann entgleisten aber dem einen oder anderen doch die Gesichtszüge – entweder zu triumphalem Grinsen oder zu wütendem Zähnefletschen. Nicht selten kam dann ein Revolver zum Vorschein. Das Ganze war die typische Wildwest-Konstellation: ein Phänomen der Neuen Welt. – Die Angelegenheit kam Anfang des 18. Jahrhunderts auf, und man nimmt an, dass sie zunächst in New Orleans auftauchte. Der ursprüngliche Name, den der singende Südstaatendialekt etwas verschliff, verbreitete sich in dieser verballhornten Form durch diverse berüchtigte Partien auf den nordwärts schippernden Mississippi-Dampfbooten. Zum Nationalsport der Amerikaner wurde die Sache wohl, weil sie einen perfekten Mikrokosmos des auf freiem Wettbewerb basierenden kapitalistischen Systems widerspiegelt. Die Handlungsstrategien jedes Matches bestehen aus Dealen, Kalkulieren, Raisen und Bluffen. Die Folgen sind oft Mord und Totschlag. Doch mancher, der beim Showdown die Nerven behielt, wurde steinreich. – Bis heute wird behauptet, der Name hätte zu tun mit dem englischen Begriff für „Schlagen und Stechen", aber die Sache könnte durchaus auch mit dem französischen Wort *„poche"* – also Tasche – zu tun haben, denn es wird einem dabei das Geld aus der Tasche gezogen. Doch dazu muss man den richtigen Stich machen, was für die englische Version spricht. Durch die Westernfilme entstand dazu noch der Eindruck, jener mörderische Salonkampf sei eine uramerikanische Erfindung. Aber das Spiel mit den ganz speziellen Figurenkonstellationen, das so viele Menschen ins Unglück stürzte, haben eindeutig die französischen Matrosen in New Orleans eingeführt. Sie nannten es *Poque-As*.

In den Südstaaten verschliff sich der Ausdruck bald schon zu etwas Ähnlichem wie Pokäh. Und deswegen kennt man das überall ziemlich verrufene Glücksspiel mit 52 Karten und einem Joker heutzutage in allen Spielhöllen der Welt unter dem Namen POKER.

ALLES FÜR ALLE

Im französischen Richebourg wird 1825 einer der neuen Tempel der Badelust eröffnet – eine dieser modernen Anlagen, die sogar Dampfbäder und Massagen bieten. Damit auch die Bewohner des benachbarten Nantes möglichst zahlreich das Bad besuchen und sich das Unternehmen lohnt, lässt sich der Betreiber etwas Außergewöhnliches einfallen: Er organisiert einen Shuttle-Service zwischen Nantes und Richebourg. Was bis vor kurzem nur betuchten Leuten von Stand und Ansehen vorbehalten war, soll nun auch einfachen Leuten zugänglich gemacht werden. Wie in Bordeaux, wo ein solcher Service gerade erprobt worden ist, werden dafür große geschlossene Wägen eingesetzt, die zwar nur in Schrittgeschwindigkeit fahren, aber immerhin muss niemand zu Fuß gehen. – Der Zufall wollte es, dass die Fahrzeuge in Nantes vor dem Kolonialwarenladen eines Monsieur Omnes abfuhren. Der hatte in seinem Schaufenster ein witziges Schild aufgehängt, mit dem er Kundschaft anlocken wollte – ein lateinisches Wortspiel auf seinen Namen. Ins Deutsche übertragen bedeutet dieser Slogan soviel wie „alles für alle". Und das passte auch ausgezeichnet für das neue Beförderungsmittel, das ja auch jedermann zur Verfügung stehen sollte. Daher übernimmt der Betreiber des Shuttle-Service den Spruch als Werbung für sein eigenes Unternehmen. – Im ersten Viertel des 19. Jahrhunderts war der Pferdewagen noch überall das allgemein übliche Transportmittel im so genannten Massenverkehr. Ausgehend von Paris, London und Berlin breitete sich dann in den übrigen europäischen Städten der öffentliche Personennahverkehr mit anderen Vehikeln aus. Damit wurde vielerorts auch die Bezeichnung bekannt, unter der jener Betreiber des Bäder-Shuttle-Service sein Vehikel publik gemacht hatte. Und so kommt es, dass ein heute weit verbreitetes öffentliches Verkehrsmittel seinen auch in Deutschland üblichen Namen einesteils dem frühen Wellness-Apostel und Transportunternehmer, vor allem aber jenem pfiffigen Gemischtwarenhändler aus Nantes verdankt.

Ob er es je erfahren hat, ist nicht bekannt. Fest steht aber, dass dieser Monsieur Omnes sozusagen der Verursacher ist für die Bezeichnung des ersten Verkehrsmittels „für alle". Denn sein Slogan „Omnes für alle" heißt auf Lateinisch OMNIBUS.

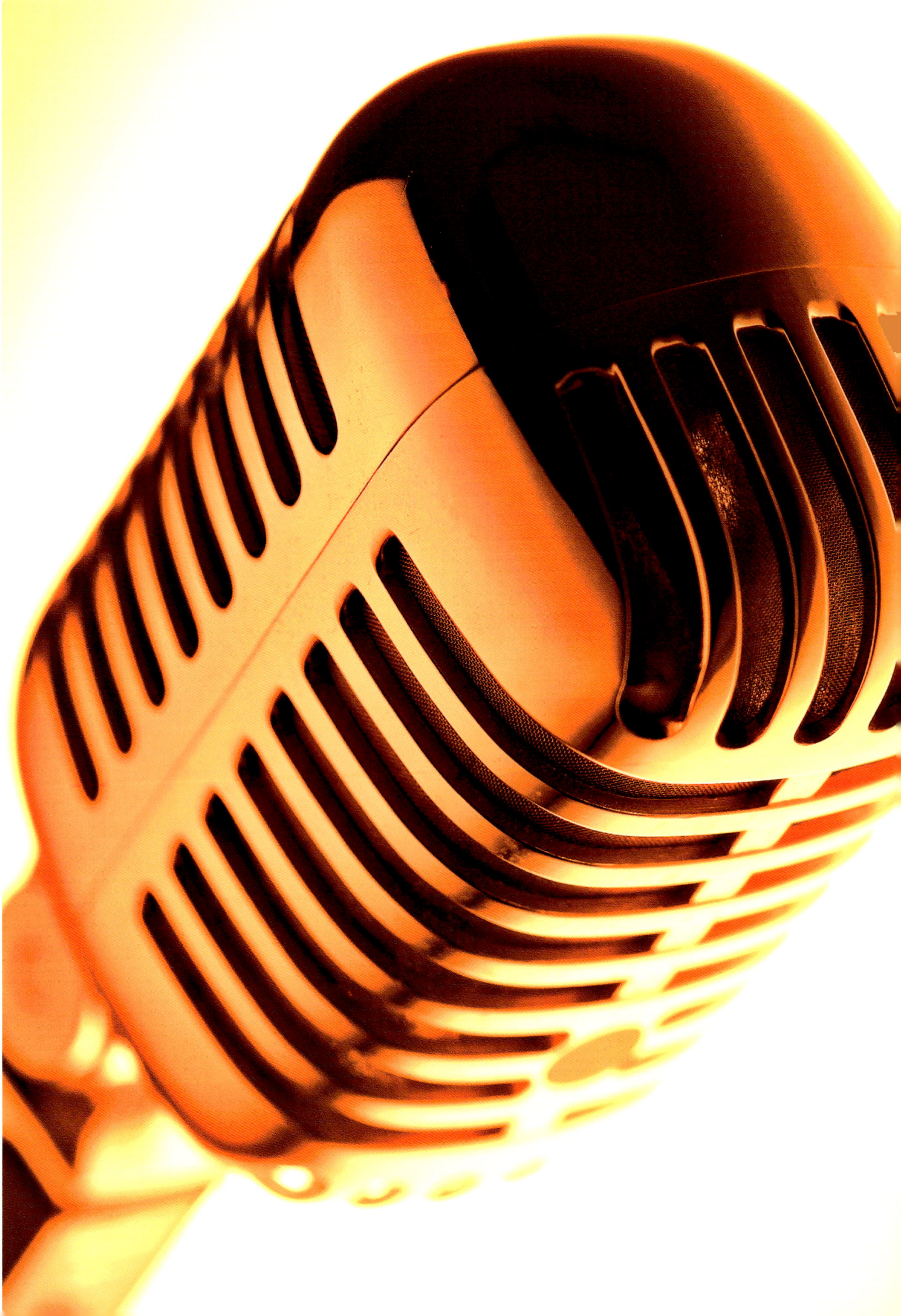

Polizeilich erlaubter Protest 058

Vor 150 Jahren stand es um die allgemeinen Bürgerrechte in England nicht zum Besten. Die Armen hatten kein Stimmrecht, die Reichen fanden nichts dabei, sich bestimmte Dinge ausschließlich zu ihrem Vergnügen zu reservieren. Selbst Parlamentsbeschlüsse wurden nicht zum Wohl aller, sondern nach dem Gutdünken einiger gefasst. Zum Beispiel das Gesetz gegen den Sonntagshandel. Lord Robert Grosvenor, ein Anhänger der radikal-religiösen Sabbatarier, wollte der Bevölkerung auf diese Weise den sonntäglichen Kirchgang verordnen. Vor allem die Arbeiter waren aufgebracht über die neue Regelung, da sie meist erst am Samstag den kargen Wochenlohn bekamen, und am Sonntag dringend Essen eingekauft werden musste. Trotz des polizeilichen Verbots von Menschenansammlungen an öffentlichen Orten, versammelten sich nach Schätzung der „Times" am Sonntag, den 1. Juli 1855 in London etwa 150 000 Leute, um gegen den anti-liberalen Geist und die aristokratische Willkür zu protestieren. Die aufmarschierten Polizeitrupps machten schonungslos von ihren Gummiknüppeln Gebrauch. Es gab zahlreiche Verletzte unter den durchweg friedlichen Demonstranten – darunter auch Frauen und Kinder. 72 Personen, die Widerstand leisteten, wurden festgenommen. Die Öffentlichkeit war schockiert über das brutale und ungerechtfertigte Vorgehen der Londoner Ordnungshüter. Und obwohl das Gesetz schnellstens abgeschafft wurde, gingen die Londoner noch an drei weiteren Sonntagen im Juli 1855 auf die Straße. Vielleicht lag das daran, dass einige angesehene Bürger das Wort zur Verteidigung der Demonstrationen ergriffen hatten, und die Proteste zu Krawallen ausarteten. Oder weil ein gewisser Karl Marx die Obrigkeit verschreckte, indem er vom Beginn der Englischen Revolution sprach. – Ende Juli war jedenfalls alles vorbei, als wäre es nur ein Spuk gewesen. Ganz folgenlos aber blieben die Unruhen nicht, denn von da an wurden alle großen Parkanlagen für die Allgemeinheit zugänglich gemacht. Und am Schauplatz der ersten Sonntagsdemos des Jahres 1855 kann jetzt jeder das Wort ergreifen, ohne dass die Polizei einschreiten darf.

Religiöse Fanatiker, Weltverbesserer und sonstige Exzentriker sind seitdem im Londoner Hydepark die Attraktion, und jene Stelle ist ganz offiziell die erlaubte „Sprech-Ecke", genannt SPEAKER'S CORNER.

059   EIN VÖLLIG FALSCHES BILD

Wie Alex und Cesare wird auch der schönen Lu nachgesagt, verkommen, sittenlos, geldgierig und mordlüstern gewesen zu sein. Dabei war ihr aller Background gar nicht so übel, und die Leute, mit denen sie sich umgaben, stammten größtenteils aus besseren Kreisen. Doch Alex vergnügte sich nur zu gern heimlich im Puff, bei Cesare saß das Messer recht locker, und sein und seines Vaters Umgang mit Drogen war geradezu legendär. Es hieß, auch Lu hätte von den Untaten der beiden profitiert, und deshalb Rom verlassen und in eine andere Stadt ziehen müssen. Sie war gerade 22 Jahre alt, als sie dort eintraf. Ihr Kleid war aus schwarzem Samt mit feinen Goldstickereien und um den Hals trug sie eine Kette aus Perlen und Rubinen. Aufsehen erregend war ihr langes blondes Haar, von dem man erzählte, sie würde es einmal in der Woche mit einer Mischung aus Safran, Gerstenstroh und Kümmelsamen waschen, was ihrem Haar den herrlichen Goldton verlieh. Sie wurde begafft wie ein Wesen aus einer anderen Welt. War sie nicht eine verführerische Hexe! Wen sonst – wenn nicht sie – konnte man als Ausgeburt der Sünde bezeichnen! Immerhin hieß es, sie hätte schon zwei Ehemänner auf dem Gewissen. – Alfonso, der Mann, den Lu jetzt geheiratet hatte, würde wohl auch seines Lebens nicht sicher sein! Wie war es ihr nur gelungen, ihrem liederlichen Vater eine Mitgift von mehreren Millionen aus der Tasche zu locken! Und, als der Deal perfekt war, sofort eine Ferntrauung zu veranlassen? Da musste doch etwas nicht mit rechten Dingen zugegangen sein! Doch Lu entpuppte sich als vorbildliche Ehefrau und bald auch als liebende Mutter. Sie beschäftigte sich mit der Kunst und war äußerst wohltätig. Fern von Rom lebte sie an der Seite ihres dritten Gatten Alfonso d'Este – des Herzogs von Ferrara – bis zu ihrem Tod 17 Jahre lang als tugendhafte und fromme Gattin. – Die Ferrareser hatten sie zu Unrecht verleumdet und abgelehnt. Wohl weil ihr Vater – Papst Alexander VI. – sie mit einer Bordellbesitzerin gezeugt, und – den Gerüchten nach – zusammen mit ihrem Bruder, dem berüchtigten Giftmischer Cesare, Lus frühere Ehemänner umgebracht hatte. Aber Lu war ganz anders, als sie es sich vorgestellt hatten! Deshalb verehrten die Ferrareser sie bald über alle Maßen.

Sie begriffen, dass die junge Frau aus Rom geflüchtet war, um mit den Verbrechen der Familie der Borgias nie mehr in Verbindung gebracht zu werden. Und doch gilt sie vielen bis heute als verrucht und machtgierig – die hinreißend schöne Papsttochter LUCREZIA BORGIA.

Nur in der Apotheke erhältlich

Es ist schon merkwürdig, wie sich manchmal die Begehrlichkeit gegenüber Substanzen steigert, von denen man eigentlich nur weiß, dass sie rar sind. So etwas passierte mit einer Droge, die schon im ersten nachchristlichen Jahrhundert als „Gewürz" auf den Handelslisten der Schiffe aufgeführt wurde, die zwischen Indien und dem damals zum Römerreich gehörenden Ägypten verkehrten. Wie diese *sakchar* genannte Substanz beschaffen war, konnte man daraus allerdings nicht ersehen. Auch keiner der Gelehrten, die in Europa über den exotischen und nur in der Medizin angewandten Stoff berichteten, wusste Genaueres über dessen Vorkommen oder Herstellung. Die arabischen Zwischenhändler, mit deren Hilfe sie nach Europa gelangte, machten wohl absichtlich ein Geheimnis daraus, um höhere Gewinne zu erzielen. Schon im sechsten Jahrhundert – das wissen wir heute – hatten christliche Ärzte die Droge erforscht und im Labor hergestellt. Das war allerdings in Persien, wo auf Wunsch eines fortschrittlichen Herrschers die medizinische Vorsorgung durch den Bau eines Krankenhauses, einer Ärzteschule und einer Apotheke verbessert worden war. Von dieser Krankenhausapotheke in der Stadt Gondischapur im Zweistromland ausgehend, kam die fragliche Substanz in den Handel. Die Herstellung war teuer und aufwendig, was verhinderte, dass der Stoff zum Massenartikel wurde. – Es gab Wirtschaftskriege wegen dieser „Droge", Reglementierungen und sogar Aufstände. Doch Jahrhunderte lang blieb sie eine Kostbarkeit, die überall auf der Welt nur den Reichen vorbehalten war. Die Produktionsmengen schwankten, die Qualität ebenfalls. Obwohl das Luxusgut, das inzwischen als Genussmittel galt, bis weit ins 18. Jahrhundert überall in Europa nur in Apotheken erhältlichen war, wurde die Nachfrage immer größer. Friedrich der Große förderte – getreu seiner Maxime, möglichst wenig Geld für Importe ins Ausland fließen zu lassen – die Arbeit des auf diesem Gebiet experimentierenden Berliner Chemikers Andreas Markgraf, dem es tatsächlich 1747 gelang, die Substanz aus einheimischer Produktion zu gewinnen. Damit begann in Deutschland buchstäblich das „süße Leben".

Denn jene Droge mit dem ursprünglichen Namen „sakchar", die bis dato in fernen Ländern aus einer Art Schilfpflanze gewonnen worden war, und sich nun auch in Deutschland billig und massenweise aus Rüben herstellen ließ, war nichts anderes als ZUCKER.